Leaves
Publishing

根　以讀者爲其根本

莖　用生活來做支撐

葉　引發思考或功用

果　獲取效益或趣味

古文寓言說得妙

芳芳 著

向日葵 S U N F L O W E R

親子互動嬉遊書❶古文寓言說得妙

作　　者：芳芳
出　版　者：葉子出版股份有限公司
發　行　人：宋宏智
企劃主編：萬麗慧
行銷企劃：汪君瑜
文字編輯：陳玟如
封面、內頁繪圖：王達人
美術設計：蔣文欣
印　　務：許鈞棋
專案行銷：張曜鐘、林欣穎、吳惠娟、許鈞棋
登　記　證：局版北市業字第677號
地　　址：台北市新生南路三段88號7樓之3
電　　話：(02)2366-0309　　　　傳真：(02)2366-0313
讀者服務信箱：service@ycrc.com.tw
網　　址：http://www.ycrc.com.tw
郵撥帳號：19735365　　　　戶名：葉忠賢
印　　刷：上海印刷廠股份有限公司
法律顧問：北辰著作權事務所　蕭雄淋律師
初版一刷：2005年4月　　　　新台幣：300元
ISBN：986-7609-56-5
國家圖書館出版品預行編目資料

親子互動嬉遊書1--古文寓言說得妙 / 芳芳著. --
　　初版. -- 臺北市：葉子, 2005[民94]
　　　　　　　面：公分
　　　　　ISBN 986-7609-56-5(平裝)

　　　　856.8　　　　　　　　94002173

總　經　銷：揚智文化事業股份有限公司
地　　址：台北市新生南路三段88號5樓之6
電　　話：(02)2366-0309
傳　　真：(02)2366-0310

※本書如有缺頁、破損、裝訂錯誤，請寄回更換

聽故事・學語文

我國古代的思想家，很喜歡在論文中穿插一些短短的故事，使他的論文成為「說故事的論文」，這些故事雖然簡短卻很生動，並且有深刻的寓意，我們稱它為「寓言」。這本書「古文寓言說得妙」就是從古代的思想家著作之中選取了耐人回味的章節，成為這本書的骨幹，本書作者朱慶芳女士以這些短文為依據，安排了許多趣味活動，都有一個共同目標，就是學習語文。

作者的第一個安排是把古文撰寫的短文，改成現代的語文體，經過改寫的故事可以作為說故事的腳本，也可以由兒童自己閱讀，聽過故事或讀過故事的人，可以根據作者建議進行趣味活動，這些活動有動動腦的「生活體驗營」，動動手的「塗丫故事園」，認識文字結構和語詞接龍的「文字妙迷宮」，鼓勵應用故事中的語詞來表達的「語文小廚房」，「換我說故事」則是完整的語文練習了。

這些單元輕鬆有趣，給兒童留下自由發揮的天地，重點不在標準答案，而在刺激嘗試的興致。除此，書中還有一個特別單元「原文欣賞」，呈現了每一篇故事的古文原貌，一方面說明了原文出處，一方面讓兒童親近古文。原文欣賞是字字注音的，師長可以唸給兒童聽，也可以鼓勵兒童根據注音自己唸，藉著聽和唸，親近文言文。

古人的智慧、古人的文學成就，就像一個寶藏，這些寶藏都在文言文裡，俗話說：「常見面兒就熟了！」，原文欣賞這個項目的保留，代表作者的一番用心，把聽故事和學語言結合在一起，成了一本語文學習書，作者重視趣味和鼓勵兒童嘗試的精神，就是這本書的特色。

林良
國語日報社董事長、知名兒童文學作家

閱讀古文從本書起步

朱老師（芳芳）是一位對小朋友、大朋友都很用心的人。

透過這本有趣的寓言故事，可讓小朋友們認識、了解古文，更進一步喜愛閱讀古文，提升小朋友們的國學能力，成為融通古今的快樂閱讀人。

孩子們在年紀小的時候，可塑性是很高的，這樣的古文寓言閱讀，適合以一種輕鬆、愉快的方式去認識，可以幫助孩子們啓發心靈的潛在能力。用不同的教學方式，一步一步帶領孩子們進入古文的殿堂，品嘗古文的精義及文字之美。

三十篇的寓言故事，內容豐富且多元，除了有古文的原文之外，也搭配白話文、「生活體驗營」、「塗丫故事園」、「文字妙迷宮」、「語文小廚房」、「換我說故事」等單元。

一本書在內容的引導部分，對孩子是很重要的。

在「生活體驗營」這個單元裡，朱老師提供生活中與古文相關的線索，讓孩子們去思考、比較，可促進孩子們的思考空間。

「塗丫故事園」的單元，朱老師讓孩子們依著自己的想像，利用各種材料，表現出看完寓言故事後，心理所想到的人、事、物，如此不拘泥形式，只要依著自己的感覺走，這是孩子們最高興的事了！

「文字妙迷宮」的單元，是利用遊戲連連看的方式，讓孩子進一步認識相關的字。「語文小廚房」的單元，朱老師請小朋友們試著用日常生活的經驗來造句，如此更貼近自己的生活世界。「換我說故事」單元，讓小朋友們也能作一個主角，發揮自己的想像力，敘說自己的故事。

古文的文學是優美的，是耐人尋味的。只要你肯用一顆勇敢的心去嘗試、去咀嚼，相信一定會從中體會到文學的美及學到許多做人處世的哲理。

古文的原文也許有些難，但現在可以把本書當作起步，相信會帶給您意想不到的樂趣喔！

妙暢法師
人間福報兒童版主編

學習方法改變 效果就不同

其實一個人的成功與否？人本教育最重要，一個人懂得做人、做事的道理，將來成功的機會，就比一般人大。而這些道理都在中華古典文學裡面，從小我們給小朋友最好的經典、最好的知識，長大自然對孩子有用。

目前有許多的讀經班，都是在做這個工作。而我本人也是在做這方面的工作，只是我們的方法比較另類，我們把唐詩三百首寫成音樂，屏除過去死背的方式，用唱遊加上手語，短時間即讓小朋友會背詩、也會唱詩。

如果你接觸過兒童讀經唱詩，你會明白並且相信，他會唱了、會背了自然也就記住了，連故事也都了解；將來，可能福至心靈意會了某一境界。記得我做示範教學，桃園茄苳國小陳主任告訴我，他說：用死背的方法，十首詩三個月後，小朋友只記得背一、二首，用唱的則幾乎記得到七、八首。由此可見只要學習的方法稍作改變就有很特殊的效果出來。

作學問及教學本來就有很多的方法與門路。為了讓小朋友喜歡唱詩、吟詩。我研究出一套DIY學生自治教學法，老師只在一旁作指導，讓小朋友自己作唱遊，自己教自己。

如今，我認識多年的朋友「芳芳」小姐，取材古文寓言，別出心裁的設計出可讀、可說、可畫、可寫的單元，以故事的趣味性帶動文字的親和力，讓小朋友多讀、多感受，不知不覺增加國語文程度。也從字音、字形、字義中體會出中國文字的意涵，特別是從古老的故事重新思考，自由聯想，避開說教和道理傳輸，僅就直覺表達觀點，饒富創意。

本書兼顧了親子共同創作的需要，又可以圖文並茂表達讀後心得，是一本很具延展性和推理思考的課外讀本，我以自己教唱唐詩的經驗，建議老師及家長們多多採用。

柳松柏
中華唐詩新唱推廣中心負責人

四通八達的思考空間

多年前，我的孩子剛進小學，當時我有機會當上愛心媽媽，負責孩子們的語文活動。而我本人長久從事文字工作，對於文化更遞感悟較多，和所有的家長一樣，我希望孩子們能廣泛閱讀，多方思考，以便適應更多元化的學習。

在替孩子們說故事的過程裡，我發現了古文精簡、易讀，也發現古老故事中歷久不衰的道理，以及古今相同的生活趣味。如今我將累積的教案重新整理，加入現代生活情境的思考，集結成本書，希望給親子們課後共賞隨想的一些樂趣。

拿書中〈染絲〉這個故事來說，人如何被環境影響，就像一塊白色的布，加入什麼染料就變成什麼顏色，染幾次就變幾次，我們不也都是如此嗎？人終其一生都在替自己上色，當我們有了這個察覺力和自主力，不就能營造出多采多姿的生活嗎！

古文字少，意涵豐富，讀了幾次之後，不懂也懂了，就像讀經背經那樣，從字型、字音、字義各種角度的玩味和會意，那種懂了的感覺很

好，這不是什麼道理教訓可以說明白的，就是嚐多了漸漸開發出文字的味覺，有了文字的味覺，再去接觸一般文字和資訊，自然是輕而易舉。

當然，閱讀的目的除了識字懂句，還能訓練邏輯思考；從〈兩小兒辯日〉的故事，可見小孩子的思考各有一番角度，所以說任何思考的角度都是可以接受，連孔老夫子都說不出標準答案，何況是活潑可愛的現代孩子呢！

〈點石成金呂洞賓〉雖是神話故事，但寬闊的延伸想像，小朋友可以接續故事，說說貪心的後果，不一定是一無所有，貪心的背後也不一定是罪惡的，可能因為必需得到更多而促動解決問題的能力。

一個字、一個故事，就能觸及多角度的延伸思考，甚至造詞造句，這是古文厲害的地方，中國文字豐富的寶藏盡在其中，多希望這些寶藏化成文字零食，用清爽的樣貌，宅配到每個家庭，分享親子師生。

芳芳

十分鐘愛上古文　一輩子享受閱讀

親子互動嬉遊書1

古文寓言說得妙

目錄 Contents

這本書怎麼玩？

本書兼具休閒閱讀和語文練習的作用，不需預設答案，使用方法十分簡易，在此大略說明各單元設計的理念。

給爸爸、媽媽及老師的悄悄話

建議爸爸、媽媽及老師們用以下幾個方向，引導小朋友輕鬆閱讀、快樂成長：

1. 幫助孩子們欣賞原文，品味古文精簡的用字及意象，可增加小朋友文字的領悟力。

2. 和孩子們一起參加「生活體驗營」，和孩子們一起觀察、一起塗丫、一起遊戲、一起胡思亂想，文字只是開端，領悟才是目的。

3. 和小朋友一起在「文字妙迷宮」的不同遊戲設計中找出字型、字義的關聯或是協助小朋友從上、左、右、斜的方向去連接詞語，在遊戲中自然增加小朋友的詞語庫。

4. 每篇故事都有寓意和語詞，爸媽可以和小朋友一起利用寓言故事中的文字或成語練習造句或用自己的方式重新寫故事，創造並享受親子之間共同思考的樂趣。

幫助小朋友由圖畫了解文意。

小朋友可嘗試利用各種方法，
將故事再重畫一遍。

古文寓言的白話翻譯，一看就懂。

爸媽可以和孩子一起根據提示
體驗生活，讓頭腦觸電發光。

小朋友可嘗試把相關的字連起
來，或是利用學會的字串成詞。

先看過白話譯文和彩圖，再來讀原
汁原味的古文，就不會那麼難了。

請小朋友造句並串句重說
一次故事。

不材之木

　　有一位斧工到了齊國的曲轅，看到一棵被視為地方之神的大樹，樹大到可以給幾千頭牛來乘涼，樹寬得需要幾百人才能合抱，樹幹很高的地方才開始長枝葉，光是可以用來造船的旁枝就有十幾枝。來看這棵大樹的人多到好像逛市集，可是斧工不看一眼，仍然一直走。

　　隨行的徒弟跟著人群看夠了，才趕上斧工的腳步，徒弟問斧工說：「我跟師傅學用斧頭以來，就沒看過這麼美的樹材，你怎麼不看一眼？」

　　斧工說：「沒什麼好看

的多，別多提多了多！　這步棵之樹是是戶木以質出不多結步實戶的多散多木以，　用以
來多做多船多會多沉多，　用以來多做多棺多木以腐及得多快多，　用以來多做多器公皿多
也多用以不多久多，　用以來多做多門以也多會多受多潮多腐及蝕戶，　用以來多做多柱类
子戶更多會多被多蟲多蛀类，　這是是戶
不多能多用以的多木以材多，　才多會多
活多那多麼多久多。」

17

小朋友可參考下列題目的角度或自己從故事裡面找幾個焦點，看一看、想一想、演一演，體驗一下不同的情境，讓頭腦觸電發光。

■ 小朋友如果你有機會參觀神木群，或是觀察住家附近的一棵樹，請形容你所看到的樹有多高、多寬，並試著描述樹的表情。

_____

_____

_____

■ 試以大樹的角度看人，想想樹會說什麼呢？

_____

_____

_____

塗丫故事園

讀了這個小故事，要請小朋友嘗試把故事畫出來。小朋友可以嘗試利用各種材料，如樹葉、碎布、剪紙等來構成畫面，愛怎麼畫就怎麼畫，不必畫得像、也不必畫得精細，只要能重說一次故事，就是最有意思的畫。

原文欣賞

　　匠石之齊，至於曲轅，見櫟社樹。其大蔽數千牛，絜之百圍；其高臨山十仞而後有枝，其可以為舟者旁十數。觀者如市，匠伯不顧，遂行不輟。

　　弟子厭觀之，走及匠石，曰：「自吾執斧斤以隨夫子，未嘗見材如此其美也。先生不肯視，行不輟，何耶？」

　　曰：「已矣，勿言之矣！散木也，以為舟則沉，以為棺槨則速腐，以為器則速毀，以為門戶則液樠，以為柱則蠹。是不材之木也，無所可用，故能若是之壽。」

【莊子·人間世】

文字妙迷宫

仔細觀察左右兩邊的文字，有何相似關聯的地方？
並用→把相關的字連起來。

柱ㄓㄨˋ

顧ㄍㄨˋ

木ㄇㄨˋ ----→ 棺ㄍㄨㄢ

觀ㄍㄨㄢ

見ㄐㄧㄢˋ

材ㄘㄞˊ

枝ㄓ

21

語文小廚房

下面的問題，小朋友可自由發揮，也可從內文裡找答案寫出短句，只要通順有理就算對。淺字部分是參考答案，可當它是空白，小朋友可直接在上面寫下自己想到的短句。

■ 請試著利用「內行看門道，外行看熱鬧」這個句子，說出這篇故事的大意。

例句：有一位斧工和徒弟出門，半路上看到一群人在看一棵稀有的大樹，但斧工一點都不覺得那樹有多好，並指出那棵大樹的弱點，這位斧工真是「內行人看門道」，他的徒弟卻跟著「外行人看熱鬧」。

_____

■ 再試著利用「內行看門道，外行看熱鬧」描述自己生活中的一件事。

_____

_____

換我說故事

讀了這篇小故事，小朋友是不是也有自己的故事要說呢？

_____

_____

_____

_____

_____

_____

_____

_____

_____

_____

_____

_____

No.02

相濡以沫

當泉水乾涸時，魚群都暴露在地面上，彼此互相用嘴吐沫，讓對方保持濕潤，牠們不知道最後自己還是會乾死，與其如此共同患難，不如身在江湖之中悠游自在，互不相識。

24

相濡以沫

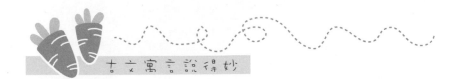

生活體驗營

小朋友可參考下列題目的角度或自己從故事裡面找幾個焦點，看一看、想一想、演一演，體驗一下不同的情境，讓頭腦觸電發光。

■ 請注意觀察魚離開水面時的嘴巴，是否和「呴」字有相似的地方？試著用口發出「句」的音，那動作就是「呴」。

_____

_____

_____

■ 魚為何會暴露於陸地上？可能是哪些原因所造成？

_____

_____

_____

塗丫故事園

讀了這個小故事，要請小朋友嘗試把故事畫出來。小朋友可以嘗試利用各種材料，如樹葉、碎布、剪紙等來構成畫面，愛怎麼畫就怎麼畫，不必畫得像、也不必畫得精細，只要能重說一次故事，就是最有意思的畫。

原文欣賞

　　泉涸，魚相與處於陸，相呴以濕，相濡以沫，不如相忘於江湖。

【莊子‧大宗師】

文字妙迷宮

仔細觀察左右兩邊的文字，有何相似關聯的地方？
並用→把相關的字連起來。

濕ㄕ 悠ㄧㄡ 游ㄧㄡˊ

泉ㄑㄩㄢˊ

呴ㄒㄩ

相ㄒㄧㄤ 濡ㄖㄨˊ

涸ㄏㄜˊ

魚ㄩˊ

江ㄐㄧㄤ

湖ㄏㄨˊ 吐ㄊㄨˇ 沫ㄇㄛˋ

29

古文寓言說得妙

語文小廚房

下面的問題,小朋友可自由發揮,也可從內文裡找答案寫出短句,只要通順有理就算對。淺字部分是參考答案,可當它是空白,小朋友可直接在上面寫下自己想到的短句。

■ 試著把魚換成人,如果是我們所遇到的災難可能是什麼?

_____

_____

_____

■ 試以「相濡以沫,不如相忘於江湖。」重寫一次故事。

_____

_____

_____

_____

相濡以沫

換 我 說 故 事

讀了這篇小故事，小朋友是不是也有自己的故事要說呢？

幫人笞子

　　有一個人因為兒子不學好，所以拿竹條來教訓兒子，而鄰居有一個當爸爸的，也拿起木棍過去幫忙打他的兒子，嘴上還說著：「我打這小孩，是順從他爸爸的意思。」唉！這真是違背常情。

小朋友可參考下列題目的角度或自己從故事裡面找幾個焦點,看一看、想一想、演一演,體驗一下不同的情境,讓頭腦觸電發光。

■ 小朋友,你有看過體罰嗎?你曾看過哪些體罰的方式?而用竹條和木棍的體罰有什麼差別呢?

_____

_____

■ 小朋友,如果你是那位正在打小孩的爸爸,你會希望有人來幫忙打自己的小孩嗎?

_____

■ 小朋友,請老師或爸爸媽媽跟你解釋親權和管教權有什麼不同。

_____

塗丫故事園

讀了這個小故事，要請小朋友嘗試把故事畫出來。小朋友可以嘗試利用各種材料，如樹葉、碎布、剪紙等來構成畫面，愛怎麼畫就怎麼畫，不必畫得像、也不必畫得精細，只要能重說一次故事，就是最有意思的畫。

原文欣賞

有又人ㄖㄣˊ於ㄩˊ此ㄘˇ，　其ㄑㄧˊ子ㄗˇ強ㄑㄧㄤˇ樑ㄌㄧㄤˊ不ㄅㄨˋ材ㄘㄞˊ，　故ㄍㄨˋ其ㄑㄧˊ父ㄈㄨˋ答ㄔ之ㄓ。

其ㄑㄧˊ鄰ㄌㄧㄣˊ家ㄐㄧㄚ之ㄓ父ㄈㄨˋ，　舉ㄐㄩˇ木ㄇㄨˋ而ㄦˊ擊ㄐㄧ之ㄓ，　曰ㄩㄝ：「　吾ㄨˊ擊ㄐㄧ之ㄓ

也ㄧㄝˇ，　順ㄕㄨㄣˋ於ㄩˊ其ㄑㄧˊ父ㄈㄨˋ之ㄓ志ㄓˋ。　」

則ㄗㄜˊ豈ㄑㄧˇ不ㄅㄨˋ悖ㄅㄟˋ哉ㄗㄞ！

【墨ㄇㄛˋ子ㄗˇ・魯ㄌㄨˇ問ㄨㄣˋ】

文字妙迷宮

這個遊戲是考考小朋友的語詞庫，可從上、下、左、右、斜的方向，接出一個語詞，不一定要是四字好詞，但最好是三個字以上，完成一個詞拉出一個箭頭，如果你有很多語詞，可以不斷延伸。深色字是題目，淺色字是參考答案。

強ㄑㄧㄤˊ			知ㄓ	
	樑ㄌㄧㄤˊ		無ㄨˊ	
		不ㄅㄨˋ		
	言ㄧㄢˊ		材ㄘㄞˊ	

語文小廚房

下面的問題，小朋友可自由發揮，也可從內文裡找答案寫出短句，只要通順有理就算對。淺字部分是參考答案，可當它是空白，小朋友可直接在上面寫下自己想到的短句。

■ 這個鄰居的爸爸為何替別人教訓小孩？請試著想出三個不同的理由。

_____

_____

_____

■ 請用「打在兒身，痛在娘心」造句，句子的含意要和故事有關。

例句：幫人打兒子的鄰人看似好心，但難道沒聽過「打在兒身、痛在娘心」這句

話？這個故事裡被打的孩子的娘會心痛，孩子的爸也會心痛吧？

_____

_____

換 我 說 故 事

讀了這篇小故事,小朋友是不是也有自己的故事要說呢?

_____

_____

_____

_____

_____

_____

_____

_____

_____

_____

_____

_____

田夫獻曝

從前，宋國有一個農夫，經常從野地取得粗麻之類的材料，製成衣服來穿，但都只可以勉強過冬；一到春天，太陽從東方升起，他就開始耕種，整天都曝曬在太陽底下，這個農夫不知道世界上還有更大更宏偉的房子可以住，還有柔美舒適的衣服可以穿，就和太太說：「每天曬著太陽的感覺好溫暖，別人恐怕不知道，我想用太陽的溫暖來獻給皇上，他一定會好好的獎賞我。」

生活體驗營

小朋友可參考下列題目的角度或自己從故事裡面找幾個焦點，看一看、想一想、演一演，體驗一下不同的情境，讓頭腦觸電發光。

■ 小朋友，你知道在夏天曬太陽，應該要做哪些防護措施嗎？

_____

_____

■ 當天氣太冷的時候，還有什麼東西能取代太陽給我們溫暖呢？

_____

_____

■ 小朋友，你認為太陽很珍貴嗎？

_____

_____

塗丫故事園

讀了這個小故事，要請小朋友嘗試把故事畫出來。小朋友可以嘗試利用各種材料，如樹葉、碎布、剪紙等來構成畫面，愛怎麼畫就怎麼畫，不必畫得像、也不必畫得精細，只要能重說一次故事，就是最有意思的畫。

原文欣賞

　　昔者宋國有田夫，常衣縕黂，僅以過冬；暨春東作，自曝於日，不知天下之有廣廈隩室，綿纊狐貉，顧謂其妻曰：「負日之暄，人莫知者，以獻吾君，將有重賞。」

【列子・楊朱】

文字妙迷宮

仔細觀察左右兩邊的文字，有何相似關聯的地方？
並用→把相關的字連起來。

暄 ㄒㄩㄢ

綿 ㄇㄧㄢˊ

太 ㄊㄞˋ 陽 ㄧㄤˊ ----→ 曝 ㄆㄨˋ

衣 ㄧ 服 ㄈㄨˊ 質 ㄓˊ 料 ㄌㄧㄠˋ

纊 ㄎㄨㄤˋ

贗 ㄧㄢ

語文小廚房

下面的問題，小朋友可自由發揮，也可從內文裡找答案寫出短句，只要通順有理就算對。淺字部分是參考答案，可當它是空白，小朋友可直接在上面寫下自己想到的短句。

■ 「奉獻」（特別是指恭敬的將物品呈現給某一對象）、「分享」、「心意」、「自然」，請任意選詞，並說出故事的大意。

例句：農夫把陽光的溫暖視為最珍貴的禮物，他希望奉獻給他最尊重的人，這份

心意不知能被接受嗎？有些人住在華麗的房子裡，早就和自然隔絕了，農夫的福

氣還只有農夫消受得了。

■ 請試著用「好心被雷親」（這是一句俚語，當你有一番好意，但表達不當而被拒絕，那感覺就像被雷親了一下。）一詞，接續「田夫獻曝」的故事。

例句：於是，農夫和妻子就進宮去，準備將陽光獻給皇上，不料，卻被當成瘋子

給趕了出去，農人自嘆「真是好心被雷親」。

田老獻曝

換我說故事

讀了這篇小故事，小朋友是不是也有自己的故事要說呢？

_____

_____

_____

_____

_____

_____

_____

_____

_____

_____

_____

_____

_____

47

邯鄲學步

壽陵有個少年去邯鄲城，學習邯鄲人的走路步態，但是他還沒有學會邯鄲人的走路步態，居然忘了本來走路的方式，最後就爬著回家。

邯鄲學步

生活體驗營

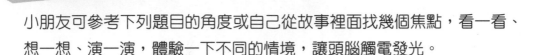

小朋友可參考下列題目的角度或自己從故事裡面找幾個焦點，看一看、想一想、演一演，體驗一下不同的情境，讓頭腦觸電發光。

■ 小朋友，你知道怎樣的行、住、坐、臥姿態才合時宜嗎？有機會可以去參加生活禮儀課，或透過觀察學習令人賞心悅目的儀態。

_____

_____

_____

■ 如果，你的某些肢體動作有困難時，可以請爸爸媽媽帶你去醫院，做一些感覺統合的檢測。

_____

_____

_____

塗丫故事園

讀了這個小故事，要請小朋友嘗試把故事畫出來。小朋友可以嘗試利用各種材料，如樹葉、碎布、剪紙等來構成畫面，愛怎麼畫就怎麼畫，不必畫得像、也不必畫得精細，只要能重說一次故事，就是最有意思的畫。

原文欣賞

　　壽陵余子學行於邯鄲，　未得國能，　又失其故行矣，　直匍匐而歸耳。

【莊子‧秋水】

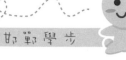
文字妙迷宮

這個遊戲是考考小朋友的語詞庫，可從上、下、左、右、斜的方向，接出一個語詞，不一定要是四字好詞，但最好是三個字以上，完成一個詞拉出一個箭頭，如果你有很多語詞，可以不斷延伸。深色字是題目，淺色字是參考答案。

學ㄒㄩㄝˊ	非ㄈㄟ	所ㄙㄨㄛˇ	用ㄩㄥˋ		
	常ㄔㄤˊ				
	時ㄕˊ				
	期ㄑㄧ				

語文小廚房

下面的問題，小朋友可自由發揮，也可從內文裡找答案寫出短句，只要通順有理就算對。淺字部分是參考答案，可當它是空白，小朋友可直接在上面寫下自己想到的短句。

■ 用「……為了學……而忘了……」句型說大意。

_____

_____

_____

■ 用「我看……為了學……而忘了……，不如……。」說心得。

例句：我看張同學為了學英語而忘了中文，老是說英式中文，不如先學精一種語

言就好。

_____

_____

_____

換 我 說 故 事

讀了這篇小故事，小朋友是不是也有自己的故事要說呢？

_____

_____

_____

_____

_____

_____

_____

_____

_____

_____

_____

_____

豐狐文豹

　　皮毛豐美的狐狸和紋彩亮麗的豹子， 不是住在深山密林裡， 就是躲在高山岩穴中， 牠們生存的環境隱密安靜， 不容易被發現。

　　牠們白天不出巢穴， 晚上才出去覓食， 隨時提高警覺戒備著， 雖然餓了渴了， 也還是去荒疆野地覓食， 沉穩而不衝動。 但就算牠們這麼小心， 仍難免誤入機關被捕捉， 牠們有什麼錯呢？ 只怪牠們的皮毛太誘人， 而惹來災禍。

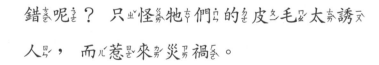

豐狐文豹

生活體驗營

小朋友可參考下列題目的角度或自己從故事裡面找幾個焦點，看一看、
想一想、演一演，體驗一下不同的情境，讓頭腦觸電發光。

■ 小朋友，你家裡有養寵物嗎？如果家裡有養寵物，不妨去請教獸醫
師，如何才能讓寵物的皮毛美麗光滑？

_____

_____

_____

■ 小朋友，你知道你平常所吃的食物中，有哪些食物可幫助頭髮變黑
變亮呢？

_____

_____

_____

塗丫故事園

讀了這個小故事，要請小朋友嘗試把故事畫出來。小朋友可以嘗試利用各種材料，如樹葉、碎布、剪紙等來構成畫面，愛怎麼畫就怎麼畫，不必畫得像、也不必畫得精細，只要能重說一次故事，就是最有意思的畫。

原文欣賞

　　夫豐狐文豹，棲於山林，伏於岩穴，靜
也。

　　夜行晝居，戒也；雖飢渴隱約，猶旦胥疏
於江湖之上而求食焉，定也；然且不免於網羅
機辟之患，是何罪之有哉？其皮為之災也。

【莊子‧山木】

文字妙迷宮

這個遊戲是考考小朋友的語詞庫，可從上、下、左、右、斜的方向，接出一個語詞，不一定要是四字好詞，但最好是三個字以上，完成一個詞拉出一個箭頭，如果你有很多語詞，可以不斷延伸。深色字是題目，淺色字是參考答案。

深ㄕㄣ

藏ㄘㄤ

不ㄅㄨ

形ㄒㄧㄥ 跡ㄐㄧ 敗ㄅㄞ 露ㄌㄨ

語文小廚房

下面的問題，小朋友可自由發揮，也可從內文裡找答案寫出短句，只要通順有理就算對。淺字部分是參考答案，可當它是空白，小朋友可直接在上面寫下自己想到的短句。

■ 豐，是形容狐狸哪一部分？文，是形容豹子哪一部分？

_____

■ 「樹大招風」（高大的樹總是承受較大的風力侵襲）、「人怕出名、豬怕肥」，小朋友請你想一想，還有哪些詞句和「豐狐文豹」故事所敘述的情境相同呢？

_____

■ 如果「豐」和「文」是形容動物的皮毛，如何換個詞，形容一個人的皮膚很美、很好？還有如何形容一個人的外表穿著很華麗、很美呢？

_____

_____

62

換我說故事

讀了這篇小故事，小朋友是不是也有自己的故事要說呢？

_____

_____

_____

_____

_____

_____

_____

_____

_____

_____

_____

_____

捶鉤者

　　大馬去找人修腰帶鉤，他看到那位師傅年紀已經有八十歲了，但修腰帶鉤的手法仍然很精巧。

　　大馬問老師傅：「你怎麼做得這麼巧？有特別的竅門嗎？」

　　老師傅說：「我學這修腰帶鉤很久了，二十歲時就喜歡這門工藝，其他的技藝就沒花心思去學。除非是和腰帶鉤相關的工藝，才會吸引我的注意，其餘的我一概都不看，我就是把時間和精力都用在捶製帶鉤，技巧就愈來愈精良；其他的事也是相同道理，當你把不用的心

力都用在想用的地方，　有哪件事不會做好
呢？　」

生活體驗營

小朋友可參考下列題目的角度或自己從故事裡面找幾個焦點，看一看、想一想、演一演，體驗一下不同的情境，讓頭腦觸電發光。

■ 小朋友，你看過工匠製作金屬工藝品嗎？你知道工匠要花多少時間，才能完成一件作品？不同的時間做出的作品，會有那些差別？

_____

_____

_____

■ 小朋友你知道金屬的延展性差別嗎？如果有機會，可以請老師或爸爸媽媽帶你參觀打鐵工廠、或是製作金屬工藝品的工作室。

_____

_____

_____

塗丫 故事園

讀了這個小故事，要請小朋友嘗試把故事畫出來。小朋友可以嘗試利用各種材料，如樹葉、碎布、剪紙等來構成畫面，愛怎麼畫就怎麼畫，不必畫得像、也不必畫得精細，只要能重說一次故事，就是最有意思的畫。

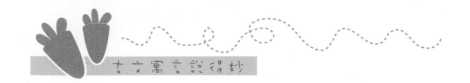

原文欣賞

　　大馬之捶鉤者，年八十矣，而不失豪芒，大馬曰：「子巧與？有道與？」

　　曰：「臣有守也。臣之年二十而好捶鉤，於物無視也，非鉤無察也。是用之者，假不用者也，以長得其用，而況乎無不用者乎！物孰不資焉！」

【莊子‧知北遊】

文字妙迷宮

這個遊戲是考考小朋友的語詞庫，可從上、下、左、右、斜的方向，接出一個語詞，不一定要是四字好詞，但最好是三個字以上，完成一個詞拉出一個箭頭，如果你有很多語詞，可以不斷延伸。深色字是題目，淺色字是參考答案。

一 五 一 十
心
一
意

語文小廚房

下面的問題，小朋友可自由發揮，也可從內文裡找答案寫出短句，只要通順有理就算對。淺字部分是參考答案，可當它是空白，小朋友可直接在上面寫下自己想到的短句。

■ 請用「千錘百鍊」（經過千百次的錘打，才製造出好的物品，也可以形容一件事學習很多次而精準。）或「專心一意」造句說大意。

例句：有一位打造腰帶鉤的師傅，從年輕就專心一意的學藝，他的技藝也像作品

那樣，經過千錘百鍊而精美。

_____

_____

_____

_____

_____

_____

垂釣者

換我說故事

讀了這篇小故事，小朋友是不是也有自己的故事要說呢？

_____

_____

_____

_____

_____

_____

_____

_____

_____

_____

_____

_____

匠石運斤成風

在郢這個地方，有個人在工作時，發現白灰沾在鼻頭上，這白灰細微得有如蒼蠅的翅膀，他就請工作夥伴用手上的斧頭砍掉那白灰，工匠耍起斧頭虎虎生風，那人也不害怕，任由工匠揮斧削灰，後來那個人鼻頭上的灰，被削得乾乾淨淨，而且連眉頭都不皺一下。

宋元君聽說這件事，就把工匠叫去問說：「你可否試試在我鼻頭上也來揮斧削灰？」工匠說：「我曾經如傳說般的那麼神奇，但現在我不會了，我的本事已經消失了。」

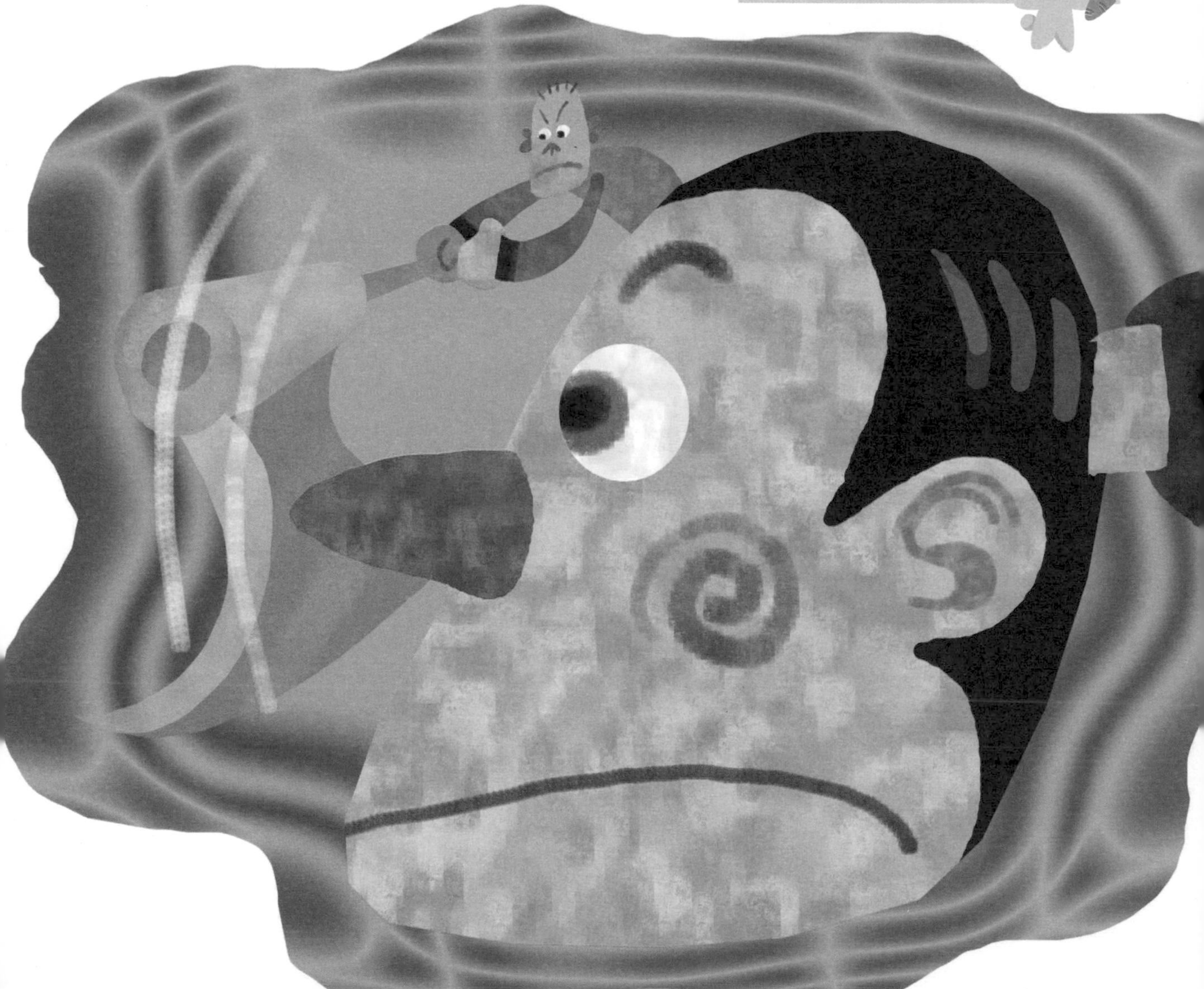

生活體驗營

小朋友可參考下列題目的角度或自己從故事裡面找幾個焦點，看一看、想一想、演一演，體驗一下不同的情境，讓頭腦觸電發光。

■ 你曾在餐廳看過主廚作菜嗎？他可以撒鹽如拉出一條銀絲般，也可以送菜如飛，有一種神奇的節奏，這是否也如同故事裡的工匠呢？他們的技術那麼神準，為什麼？

_____

_____

■ 如果有機會觀賞特技表演，當活動開始前，不妨到後台參觀他們如何演練和搭配，夥伴彼此間的默契重不重要呢？還有學校運動會的趣味競賽，兩人三腳和連體嬰，需不需要默契？

_____

_____

塗丫故事園

讀了這個小故事，要請小朋友嘗試把故事畫出來。小朋友可以嘗試利用各種材料，如樹葉、碎布、剪紙等來構成畫面，愛怎麼畫就怎麼畫，不必畫得像、也不必畫得精細，只要能重說一次故事，就是最有意思的畫。

原文欣賞

　　郢人堊慢其鼻端，若蠅翼，使匠石斲之。匠石運斤成風，聽而斲之，盡堊而鼻不傷，郢人立不失容。

　　宋元君聞之，召匠石，曰：「嘗試為寡人為之。」匠石曰：「臣則嘗能斲之；雖然，臣之質死久矣。」

【莊子·徐无鬼】

文字妙迷宮

這個遊戲是考考小朋友的語詞庫，可從上、下、左、右、斜的方向，接出一個語詞，不一定要是四字好詞，但最好是三個字以上，完成一個詞拉出一個箭頭，如果你有很多語詞，可以不斷延伸。深色字是題目，淺色字是參考答案。

半ㄅㄢ	生ㄕㄥ	不ㄅㄨ	熟ㄕㄡ
		門ㄇㄣ	
	熟ㄕㄡ		
	路ㄌㄨ		

語文小廚房

下面的問題，小朋友可自由發揮，也可從內文裡找答案寫出短句，只要通順有理就算對。淺字部分是參考答案，可當它是空白，小朋友可直接在上面寫下自己想到的短句。

■ 請用「熟能生巧」（一件事做了好幾次之後，因為太熟練而愈作愈巧）造句說大意。

_____

_____

_____

■ 請用「默契」（不必說就知道如何做，像約好了似的。）造句說心得。

_____

_____

_____

換我說故事

讀了這篇小故事，小朋友是不是也有自己的故事要說呢？

_____

_____

_____

_____

_____

_____

_____

_____

_____

_____

_____

_____

_____

吳王射狙

　　吳王搭船游江河，到了一個猴子很多的地方，吳王和部下上山，猴子都很害怕的逃走了，只有一隻猴子不走，還對著吳王搔首弄姿百般挑釁，自以為靈巧不怕被捉的模樣，吳王發箭射牠，被牠敏捷的接住箭，吳王很生氣，就命令部下同時發箭，那隻猴子就被射死了。

　　吳王告訴同行的朋友：「這隻猴太愛表現，以為牠的靈巧可以嚇跑我，我才發動部下萬箭齊發殺死牠，大家要以這隻猴的表現為戒，不要太自以為是。」

生活體驗營

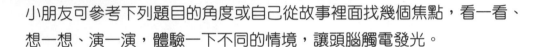

小朋友可參考下列題目的角度或自己從故事裡面找幾個焦點，看一看、想一想、演一演，體驗一下不同的情境，讓頭腦觸電發光。

■ 小朋友你會射飛鏢嗎?請試著以一支飛鏢來射箭靶的紅心，再試試拿一把飛鏢射紅心，看看哪一種比較容易?

_____

_____

_____

■ 請查詢動物百科，看看猴子有多少種類和牠們活動的分布範圍。

_____

_____

_____

塗丫故事園

讀了這個小故事，要請小朋友嘗試把故事畫出來。小朋友可以嘗試利用各種材料，如樹葉、碎布、剪紙等來構成畫面，愛怎麼畫就怎麼畫，不必畫得像、也不必畫得精細，只要能重說一次故事，就是最有意思的畫。

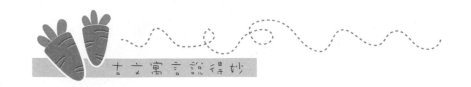
原文欣賞

　　吳王浮於江，登乎狙之山，眾狙見之，恂然棄而走，逃於深蓁。有一狙焉，委蛇攫搔，見巧乎王。王射之，敏給博捷矢。王命相者趨射之，狙執死。

　　王顧謂其友顏不疑曰：「之狙也，伐其巧，恃其便以傲予，以至此殛也。戒之哉！」

【莊子・徐无鬼】

文字妙迷宮

這個遊戲是考考小朋友的語詞庫，可從上、下、左、右、斜的方向，接出一個語詞，不一定是四字好詞，但最好是三個字以上，完成一個詞拉出一個箭頭，如果你有很多語詞，可以不斷延伸。深色字是題目，淺色字是參考答案。

	身ㄕㄣ	無ㄨˊ	所ㄙㄨㄛˇ	恃ㄕˋ	
			才ㄘㄞˊ		
		傲ㄠˋ			
	物ㄨˋ				

語文小廚房

下面的問題，小朋友可自由發揮，也可從內文裡找答案寫出短句，只要通順有理就算對。淺字部分是參考答案，可當它是空白，小朋友可直接在上面寫下自己想到的短句。

■ 請想出三個和「猴」相關的形容詞，試著造句。

例句：猴急＼看他那猴急的樣子，不知能完成任務嗎？我很懷疑。

　　尖嘴猴腮＼他聰明又熱心，可惜一幅尖嘴猴腮的模樣，讓人無法信任。

_____

■ 用「愛現」（喜歡表現）造句說大意。

_____

■ 舉例說心得。

例句：吳王射狙的故事讓我想起一位同學，他總是大聲說話目中無人，有一次被老師趕出教室。

_____

_____

換 我 說 故 事

讀了這篇小故事，小朋友是不是也有自己的故事要說呢？

_____

_____

_____

_____

_____

_____

_____

_____

_____

_____

_____

屠龍術

朱泙漫這個人跟隨支離益學習屠宰龍的技術，耗盡家產，三年後學會了屠龍術，但沒有機會發揮，因為根本沒有龍。

生活體驗營

小朋友可參考下列題目的角度或自己從故事裡面找幾個焦點，看一看、想一想、演一演，體驗一下不同的情境，讓頭腦觸電發光。

■ 請想想三種和龍相關的動物。

_____

_____

_____

■ 請想出三種以龍為名的角色（卡通、電影、故事書人物……等等），不一定要是真實的。

_____

_____

_____

塗丫故事園

讀了這個小故事，要請小朋友嘗試把故事畫出來。小朋友可以嘗試利用各種材料，如樹葉、碎布、剪紙等來構成畫面，愛怎麼畫就怎麼畫，不必畫得像、也不必畫得精細，只要能重說一次故事，就是最有意思的畫。

朱ㄓㄨ泙ㄆㄥ漫ㄇㄢ學ㄒㄩㄝ屠ㄊㄨ龍ㄌㄨㄥ於ㄩ支ㄓ離ㄌㄧ益ㄧ，單ㄉㄢ千ㄑㄧㄢ金ㄐㄧㄣ之ㄓ家ㄐㄧㄚ。三ㄙㄢ年ㄋㄧㄢ技ㄐㄧ成ㄔㄥ，而ㄦ無ㄨ所ㄙㄨㄛ用ㄩㄥ其ㄑㄧ巧ㄑㄧㄠ。

【莊ㄓㄨㄤ子ㄗˇ・列ㄌㄧㄝˋ禦ㄩˋ寇ㄎㄡˋ】

文字妙迷宮

這個遊戲是考考小朋友的語詞庫，可從上、下、左、右、斜的方向，接出一個語詞，不一定要是四字好詞，但最好是三個字以上，完成一個詞拉出一個箭頭，如果你有很多語詞，可以不斷延伸。深色字是題目，淺色字是參考答案。

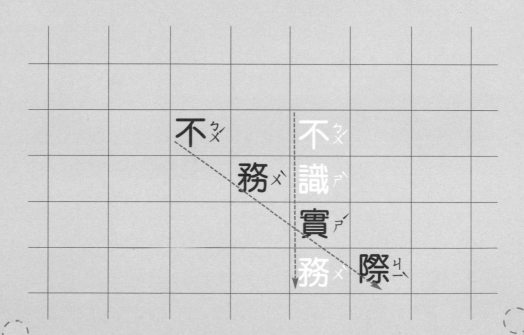

語文小廚房

下面的問題，小朋友可自由發揮，也可從內文裡找答案寫出短句，只要通順有理就算對。淺字部分是參考答案，可當它是空白，小朋友可直接在上面寫下自己想到的短句。

■ 用「英雄無用武之地」（武功高強的人沒有表現的機會）、「學非所用」（學到了專長，沒有用在需要那專長的地方，比方學醫的人去賣菜。）、「學以致用」（學到什麼就盡量用什麼。）、「不務實際」（不從眼前最重要的事先做，卻做一些無關緊要的事），任選一詞寫句子。

例句：英雄無用之地＼他好不容易學會開飛機，卻沒考進航空公司，只好去學校

當體育老師，英雄無用武之地，真是可惜！

　　不務實際＼這世界上不知有沒有龍，他卻去學屠龍術，真是不務實際。

屠龍術

換我說故事

讀了這篇小故事，小朋友是不是也有自己的故事要說呢？

_____

_____

_____

_____

_____

_____

_____

_____

_____

_____

_____

_____

95

楚王好細腰

　　從前，　楚靈王喜歡腰身纖細的讀書人，　所以他身邊的臣子為了保持細腰，每天只吃一頓飯，　屏住呼吸繫緊腰帶，瘦得要扶著牆才站得起來。　如此好幾年後，　朝廷上下每個人都面有菜色，　個個都弱不禁風。

小朋友可參考下列題目的角度或自己從故事裡面找幾個焦點，看一看、想一想、演一演，體驗一下不同的情境，讓頭腦觸電發光。

■ 將身高減體重所得的數為100到110之間，即為標準體重，小朋友請你算算自己的體重是否合乎標準。

_____

_____

_____

■ 小朋友，如果你身邊有身材比較肥胖的人，你會建議他減肥嗎？你建議他減肥的理由是什麼？

_____

_____

_____

塗丫故事園

讀了這個小故事,要請小朋友嘗試把故事畫出來。小朋友可以嘗試利用各種材料,如樹葉、碎布、剪紙等來構成畫面,愛怎麼畫就怎麼畫,不必畫得像、也不必畫得精細,只要能重說一次故事,就是最有意思的畫。

原文欣賞

　　昔者，楚靈王好士細腰。故靈王之臣，皆以一飯為節，脅息然後帶，扶牆然後起。比期年，朝有黧黑之色。

【墨子・兼愛中】

文字妙迷宮

這個遊戲是考考小朋友的語詞庫，可從上、下、左、右、斜的方向，接出一個語詞，不一定要是四字好詞，但最好是三個字以上，完成一個詞拉出一個箭頭，如果你有很多語詞，可以不斷延伸。深色字是題目，淺色字是參考答案。

三ㄙㄢ 五ㄨˇ 成ㄔㄥˊ 群ㄑㄩㄣˊ

不ㄅㄨˋ

五ㄨˇ

時ㄕˊ

語文小廚房

下面的問題，小朋友可自由發揮，也可從內文裡找答案寫出短句，只要通順有理就算對。淺字部分是參考答案，可當它是空白，小朋友可直接在上面寫下自己想到的短句。

■ 看完這篇故事的感想，試著將日常生活中或身邊發生的事情結合，練習造句子。

例句：老師喜歡會撒嬌的小朋友，所有的小朋友都找機會撒嬌，有人因此得到加分的機會，那些不會撒嬌的小朋友就吃虧大了。

_____

_____

■ 試著用「上行下效」（有權力、有影響力的人做什麼，他身邊的人就跟著做什麼）、「巴結逢迎」（討好一個人，故意做那人喜歡的事）、「不良風氣」（不好的習慣，特別是團體的習慣和氣氛），任選詞句來寫心得。

例句：楚靈王喜歡看細腰，身邊的人為了「巴結逢迎」他，就拚命減肥，造成全國上下都是瘦弱的人，可見有影響力的人自己要先做好健康示範。

_____

_____

楚王好細腰

換 我 說 故 事

讀了這篇小故事，小朋友是不是也有自己的故事要說呢？

_____

_____

_____

_____

_____

_____

_____

_____

_____

_____

_____

_____

越王好勇士

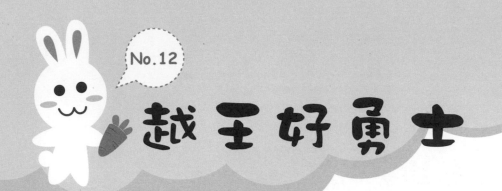

　　越王勾踐喜歡有勇氣的士兵，常常以勇氣做為訓練士兵的宗旨。

　　為了測試士兵的勇氣，故意私下叫人放火燒船。船著火了，越王對士兵說：「國家的寶物都在船上。」他還親自擊鼓，叫士兵衝上船。

　　士兵聽了鼓聲個個都義無反顧的衝上船去搶救寶物，很多士兵因此而受傷或是跌跌撞撞，踏火而死的不止百人，越王覺得很滿意了，就鳴金收兵。

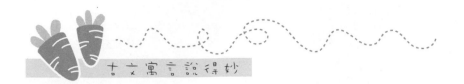

生活體驗營

小朋友可參考下列題目的角度或自己從故事裡面找幾個焦點,看一看、想一想、演一演,體驗一下不同的情境,讓頭腦觸電發光。

■ 小朋友你知道打擊樂團的樂器種類有哪些呢?鼓和金屬樂器,這些樂器的組合和聲音,給人什麼樣的感覺?

_____

_____

_____

■ 欣賞進行曲和鼓號樂隊的音樂,感受一下,鼓帶給人的振奮力量。

_____

_____

_____

塗丫故事園

讀了這個小故事，要請小朋友嘗試把故事畫出來。小朋友可以嘗試利用各種材料，如樹葉、碎布、剪紙等來構成畫面，愛怎麼畫就怎麼畫，不必畫得像、也不必畫得精細，只要能重說一次故事，就是最有意思的畫。

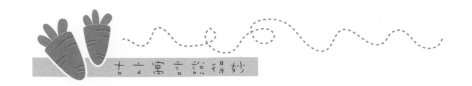

原文欣賞

　　昔越王勾踐，好士之勇，教馴其臣。

　　私令人焚舟失火，試其士曰：「越國之寶在此！」越王親自鼓其士，而進之。

　　士聞鼓音，破碎而行，蹈火而死者，左右百人有餘。越王擊金而退。

【墨子‧兼愛中】

108

文字妙迷宮

這個遊戲是考考小朋友的語詞庫，可從上、下、左、右、斜的方向，接出一個語詞，不一定要是四字好詞，但最好是三個字以上，完成一個詞拉出一個箭頭，如果你有很多語詞，可以不斷延伸。深色字是題目，淺色字是參考答案。

視ㄕ
死ㄙˇ
如ㄖㄨˊ
箭ㄐㄧㄢˋ 似ㄙˋ 心ㄒㄧㄣ 歸ㄍㄨㄟ

語文小廚房

下面的問題，小朋友可自由發揮，也可從內文裡找答案寫出短句，只要通順有理就算對。淺字部分是參考答案，可當它是空白，小朋友可直接在上面寫下自己想到的短句。

■ 「軍令如山」（軍中的命令說一就是一，像山一樣穩固不容易改變）、「演習」、「前仆後繼」（前面的人剛倒下，後面的人立刻補上去。）、「視死如歸」（把死看成回家那樣平常。），請任選一詞來造句。

_____

_____

■ 「一意孤行」（自己想怎麼做就怎麼做）、「好戰」、「拿別人的生命開玩笑」、「愛人如己」（愛別人像愛自己那樣），選一詞來造句並說心得。

_____

_____

_____

越王好勇士

換我說故事

讀了這篇小故事，小朋友是不是也有自己的故事要說呢？

壞雞者

　　有一個人每天都去偷抓鄰居的雞，有人告訴他，這種行為不像是個君子該有的。他說：「那我少抓幾隻，每個月抓一隻就好了，等以後再停止。」

　　如果知道偷抓人家的雞是不好的行為，就應該立刻停止，為何還要等？

攝雞者

113

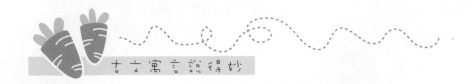

古文寓言說得妙

生活體驗營

小朋友可參考下列題目的角度或自己從故事裡面找幾個焦點，看一看、想一想、演一演，體驗一下不同的情境，讓頭腦觸電發光。

■ 小朋友你知道如何抓雞嗎？是從頭？翅膀？還是腳？

_____

_____

_____

■ 試著找幾個同學合作養小雞，把雞當作一個小孩，替牠量體重和紀錄生長情況。

_____

_____

_____

塗ㄚ故事園

讀了這個小故事,要請小朋友嘗試把故事畫出來。小朋友可以嘗試利用各種材料,如樹葉、碎布、剪紙等來構成畫面,愛怎麼畫就怎麼畫,不必畫得像、也不必畫得精細,只要能重說一次故事,就是最有意思的畫。

原文欣賞

今有人日攘鄰人之雞者，或告之曰：「是非君子之道。」

曰：「請損之，月攘一雞，以待來年，而後已。」如知其非義，斯速已矣，何待來年？

【孟子‧滕文公下】

文字妙迷宮

這個遊戲是考考小朋友的語詞庫，可從上、下、左、右、斜的方向，接出一個語詞，不一定要是四字好詞，但最好是三個字以上，完成一個詞拉出一個箭頭，如果你有很多語詞，可以不斷延伸。深色字是題目，淺色字是參考答案。

偷ㄊㄡ
雞ㄐㄧ
摸ㄇㄛ
狗ㄍㄡ 臉ㄌㄧㄢˇ 歲ㄙㄨㄟˋ 月ㄩㄝˋ

語文小廚房

下面的問題，小朋友可自由發揮，也可從內文裡找答案寫出短句，只要通順有理就算對。淺字部分是參考答案，可當它是空白，小朋友可直接在上面寫下自己想到的短句。

■ 「偷雞摸狗」（偷偷摸摸不光明正大的樣子）、「順手牽羊」（順便拿走別人的東西，像牽羊那樣）、「占人便宜」，請任選一詞造句並說大意。

例句：有一個人專做偷雞摸狗的事，被指正還不立刻改過，真是狗改不了吃屎。

_____

_____

■ 「積習難改」（壞習慣的養成是長時間累積下來的，一時改不掉。）、「從善如流」（看到人家有好習慣，要趕快跟進學習。）、「拖延不改」、「敷衍搪塞」（隨便應付一下。），任選一詞造句。

例句：這個人知道偷雞摸狗的行為不好，卻拖延不改，看來給他再多的時間也不會改的，除非他踢到鐵板，得到深刻的教訓。

_____

_____

換我說故事

讀了這篇小故事，小朋友是不是也有自己的故事要說呢？

_____

_____

_____

_____

_____

_____

_____

_____

_____

_____

_____

_____

桔逾淮為枳

晏子到了楚國，楚王設宴招待，正當喝酒喝得暢快時，有兩個差吏捆綁著一個人進來。楚王問：「這人為什麼被綁著？」差吏回答：「這是齊國人，犯了偷盜的罪。」楚王看了來自齊國的晏子一眼，並且問他：「你們齊國人都喜歡當強盜嗎？」

晏子站起來說：「我聽說桔子種在淮河之南就是桔子，種在淮河之北就長成比較小顆的枳，這兩種果樹的葉子相同，但結出的果子味道不同，為何會有這樣的差別？是因為兩地水土不同。現在這個人在齊國時並不會當強盜，

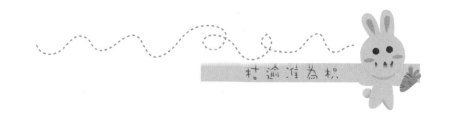

到了楚國卻當強盜，難道不是楚國的環境讓他變得如此嗎？」

生活體驗營

小朋友可參考下列題目的角度或自己從故事裡面找幾個焦點，看一看、想一想、演一演，體驗一下不同的情境，讓頭腦觸電發光。

■ 柚子、橘子、檸檬、金桔，這些水果小朋友吃過嗎？你知道這些水果味道的差別嗎？

_____

_____

_____

■ 請試擠一杯果汁，嚐嚐是否色香味俱佳呢！

_____

_____

_____

塗丫故事園

讀了這個小故事，要請小朋友嘗試把故事畫出來。小朋友可以嘗試利用各種材料，如樹葉、碎布、剪紙等來構成畫面，愛怎麼畫就怎麼畫，不必畫得像、也不必畫得精細，只要能重說一次故事，就是最有意思的畫。

古文寓言說得妙

原文欣賞

　　晏子至，楚王賜晏子酒。酒酣，吏二人縛一人詣王。王曰：「縛者曷為者也？」對曰：「齊人也，坐盜。」王視晏子曰：「齊人固善盜乎？」

　　晏子避席對曰：「嬰聞之，桔生淮南則為桔，生於淮北則為枳。葉徒相似，其實味不同。所以然者何？水土異也。今民生長於齊不盜，入楚則盜，得無楚之水土使民善盜耶？」

【晏子春秋・內篇・雜下】

124

文字妙迷宮

這個遊戲是考考小朋友的語詞庫，可從上、下、左、右、斜的方向，接出一個語詞，不一定要是四字好詞，但最好是三個字以上，完成一個詞拉出一個箭頭，如果你有很多語詞，可以不斷延伸。深色字是題目，淺色字是參考答案。

水ㄕㄨㄟˇ

土ㄊㄨˇ

不ㄅㄨˋ

心ㄒㄧㄣ

服ㄈㄨˊ

口ㄎㄡˇ

服ㄈㄨˊ

語文小廚房

下面的問題，小朋友可自由發揮，也可從內文裡找答案寫出短句，只要通順有理就算對。淺字部分是參考答案，可當它是空白，小朋友可直接在上面寫下自己想到的短句。

■ 小朋友請用「桔逾淮為枳」一詞，試著以生活上的事情來造句。

例句：我的小學同學離開家鄉多年，再回來已變了個樣，滿口粗話，比起從前的談吐，真是「桔逾淮為枳」。

_____

_____

_____

■ 請在「換個角度看」、「深思之後」、「跳出框框」，三詞中任選一詞造句說心得。

例句：我覺得晏子的話雖然維護了齊國人的尊嚴，但沒有根本解決問題，換個角度看，當強盜的齊國人，他是為環境所逼，難道齊國的弱勢不該負責嗎？而楚國不是因為治安敗壞，才讓盜賊有機可乘嗎？

_____

換我說故事

讀了這篇小故事，小朋友是不是也有自己的故事要說呢？

_____

_____

_____

_____

_____

_____

_____

_____

_____

_____

_____

No.15 揠苗助長

　　有ㄧ一個ㄍㄜ宋ㄙㄨㄥ國ㄍㄨㄜ人ㄖㄣ， 老ㄌㄠ是ㄕ擔ㄉㄢ心ㄒㄧㄣ自ㄗ己ㄐㄧ種ㄓㄨㄥ的ㄉㄜ禾ㄏㄜ苗ㄇㄧㄠ長ㄓㄤ得ㄉㄜ慢ㄇㄢ， 就ㄐㄧㄡ用ㄩㄥ手ㄕㄡㄧ一把ㄅㄚ禾ㄏㄜ苗ㄇㄧㄠ拉ㄌㄚ高ㄍㄠ， 忙ㄇㄤ了ㄌㄜ很ㄏㄣ久ㄐㄧㄡ才ㄘㄞ拖ㄊㄨㄛ著ㄓㄜ疲ㄆㄧ憊ㄅㄟ的ㄉㄜ身ㄕㄣ子ㄗ回ㄏㄨㄟ家ㄐㄧㄚ。 他ㄊㄚ回ㄏㄨㄟ家ㄐㄧㄚ後ㄏㄡ告ㄍㄠ訴ㄙㄨ家ㄐㄧㄚ人ㄖㄣ：「 我ㄨㄛ今ㄐㄧㄣ天ㄊㄧㄢ累ㄌㄟ壞ㄏㄨㄞ了ㄌㄜ， 因ㄧㄣ為ㄨㄟ我ㄨㄛ忙ㄇㄤ著ㄓㄜ把ㄅㄚ禾ㄏㄜ苗ㄇㄧㄠ拉ㄌㄚ高ㄍㄠ。 」 他ㄊㄚ的ㄉㄜ兒ㄦ子ㄗ聽ㄊㄧㄥ完ㄨㄢ趕ㄍㄢ緊ㄐㄧㄣ跑ㄆㄠ去ㄑㄩ田ㄊㄧㄢ裡ㄌㄧㄧ一看ㄎㄢ究ㄐㄧㄡ竟ㄐㄧㄥ， 結ㄐㄧㄝ果ㄍㄨㄛ被ㄅㄟ拉ㄌㄚ高ㄍㄠ的ㄉㄜ苗ㄇㄧㄠ都ㄉㄡ枯ㄎㄨ死ㄙ了ㄌㄜ。

129

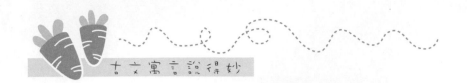

生活體驗營

小朋友可參考下列題目的角度或自己從故事裡面找幾個焦點,看一看、想一想、演一演,體驗一下不同的情境,讓頭腦觸電發光。

■ 如果你改變一天三餐的習慣,改以一天吃五餐,小朋友,你想你會長得快一點嗎?

_____

_____

_____

■ 甘蔗頭和甘蔗尾,一頭長而細、一頭短而粗,這表示了什麼?

_____

_____

_____

塗丫故事園

讀了這個小故事，要請小朋友嘗試把故事畫出來。小朋友可以嘗試利用各種材料，如樹葉、碎布、剪紙等來構成畫面，愛怎麼畫就怎麼畫，不必畫得像、也不必畫得精細，只要能重說一次故事，就是最有意思的畫。

原文欣賞

　　宋ㄙㄨㄥ人ㄖㄣ有ㄧㄡ閔ㄇㄧㄣ其ㄑㄧ苗ㄇㄧㄠ之ㄓ不ㄅㄨ長ㄓㄤ而ㄦ揠ㄧㄚ之ㄓ者ㄓㄜ，　茫ㄇㄤ茫ㄇㄤ然ㄖㄢ歸ㄍㄨㄟ，　謂ㄨㄟ其ㄑㄧ人ㄖㄣ曰ㄩㄝ：「　今ㄐㄧㄣ日ㄖ病ㄅㄧㄥ矣ㄧ，　予ㄩ助ㄓㄨ苗ㄇㄧㄠ長ㄓㄤ矣ㄧ。」　其ㄑㄧ子ㄗ趨ㄑㄩ而ㄦ往ㄨㄤ視ㄕ之ㄓ，　苗ㄇㄧㄠ則ㄗㄜ槁ㄍㄠ矣ㄧ。

【孟ㄇㄥ子ㄗ・　公ㄍㄨㄥ孫ㄙㄨㄣ丑ㄔㄡ上ㄕㄤ】

文字妙迷宮

這個遊戲是考考小朋友的語詞庫，可從上、下、左、右、斜的方向，接出一個語詞，不一定要是四字好詞，但最好是三個字以上，完成一個詞拉出一個箭頭，如果你有很多語詞，可以不斷延伸。深色字是題目，淺色字是參考答案。

迫ㄆㄜˋ 不ㄅㄨˋ 及ㄐㄧˊ 待ㄉㄞˋ

時ㄕˊ

補ㄅㄨˇ

救ㄐㄧㄡˋ

語文小廚房

下面的問題，小朋友可自由發揮，也可從內文裡找答案寫出短句，只要通順有理就算對。淺字部分是參考答案，可當它是空白，小朋友可直接在上面寫下自己想到的短句。

■ 請小朋友試著用「揠苗助長」，以日常生活經驗來造句。

例句：我媽媽一會兒要我學跳舞，一會兒要我學唱歌、一會兒又要我學英文，她要我比別人強，但我每天跑教室都跑得快累死了，媽媽不知道這樣揠苗助長會害了我嗎？

_____

_____

■ 「操之過急」（做事的方法太急進了）、「適得其反」（和心裡期待的結果正好相反）、「矯枉過正」（本來只要調正一點，卻調得太多了），請任選一詞造句並說心得。

_____

_____

揠苗助長

換我說故事

讀了這篇小故事，小朋友是不是也有自己的故事要說呢？

_____

_____

_____

_____

_____

_____

_____

_____

_____

_____

_____

_____

_____

兩小兒辯日

　　孔子游東周時，有一次看到兩個小孩在爭論；孔子問他們在吵什麼？其中一個小孩說：「我認為太陽剛出來時距離人很近，到了中午才走遠。」另一個小孩認為太陽剛出來時距離人遠，中午才靠近。

　　第一個小孩解釋：「太陽剛出來時看起來好大，大得像車蓋，到了中午，太陽像盤子，這不正是遠的時候看起來小，近的時候看起來大嗎？」另一小孩的解釋是：「太陽剛出來時溫度很涼，到了中午才漸漸熱起來，

136

這不正是太陽距離我們近就會感覺熱，距離遠就冷嗎？」

孔子不能替他們決定誰對誰錯，兩個小孩笑他說：「誰說你什麼都懂？」

小朋友可參考下列題目的角度或自己從故事裡面找幾個焦點，看一看、想一想、演一演，體驗一下不同的情境，讓頭腦觸電發光。

■ 大家一起來玩感覺的遊戲。一個人用手巾矇住眼睛扮老婆，其他的人各選定點圍繞四周，其中有一人扮老公，要對矇眼者回話，老婆手拿棒子（報紙捲成空心軸）喊：「老公，你在哪裡？」扮老公的故意從不同角度回應，讓扮老婆的那位小朋友判斷錯誤，同時循聲揮棒。

_____

_____

_____

_____

_____

_____

塗丫故事園

讀了這個小故事，要請小朋友嘗試把故事畫出來。小朋友可以嘗試利用各種材料，如樹葉、碎布、剪紙等來構成畫面，愛怎麼畫就怎麼畫，不必畫得像、也不必畫得精細，只要能重說一次故事，就是最有意思的畫。

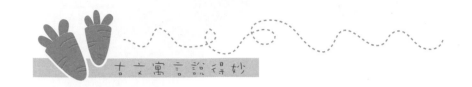

原文欣賞

孔子東游，見兩小兒辯鬥，問其故，一兒曰：「我以日始出時去人近，而日中時遠也。」一兒以日初遠，而日中時近也。

一兒曰：「日初出大如車蓋；及日中，則如盤盂。此不為遠者小而近者大乎？」

一兒曰：「日初出滄滄涼涼，及其日中如探湯，此不為近者熱而遠者涼乎？」

孔子不能決也，兩小兒笑曰：「孰為汝多知乎？」

【列子．湯問】

140

文字妙迷宮

這個遊戲是考考小朋友的語詞庫，可從上、下、左、右、斜的方向，接出一個語詞，不一定要是四字好詞，但最好是三個字以上，完成一個詞拉出一個箭頭，如果你有很多語詞，可以不斷延伸。深色字是題目，淺色字是參考答案。

日ㄖ					
上ㄕㄤ	正ㄓㄥ				
三ㄙㄢ		當ㄉㄤ			
竿ㄍㄢ			中ㄓㄨㄥ		

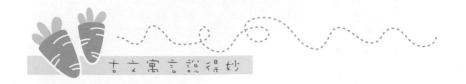

語文小廚房

下面的問題，小朋友可自由發揮，也可從內文裡找答案寫出短句，只要通順有理就算對。淺字部分是參考答案，可當它是空白，小朋友可直接在上面寫下自己想到的短句。

■ 請試著用「立足點不同」一詞造句說明「兩小兒辯日」的故事大意。

例句：兩個小孩在爭論太陽什麼時候遠？什麼時候近？一個用距離來判斷，一個用溫度來判斷，立足點不同，很難決定誰對誰錯。

_____

_____

_____

■ 請用「尊重不同意見」造句並說心得。

_____

_____

_____

換我說故事

讀了這篇小故事，小朋友是不是也有自己的故事要說呢？

_____

_____

_____

_____

_____

_____

_____

_____

_____

_____

_____

_____

_____

No.17 疑鄰竊鐵

有一個人的斧頭不見了，他懷疑是鄰居的兒子偷的，他心裡如此掛意著，看鄰居的兒子走路的樣子，愈看愈像是偷東西的人，看臉色，也像是小偷才有的表情；聽他說的話，更像是小偷才會說的，無論從哪裡看，鄰人的兒子沒有一處不像小偷。

過不久，有人說山谷裡有一隻斧頭不知是誰丟掉的，掉了斧頭的這個人發現是他自己忘了帶回家。改天再看到鄰居的兒子時，他的動作和態度都不像小偷了。

144

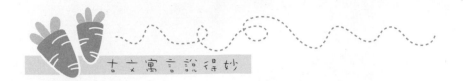

古文寓言說得妙

生 活 體 驗 營

小朋友可參考下列題目的角度或自己從故事裡面找幾個焦點，看一看、想一想、演一演，體驗一下不同的情境，讓頭腦觸電發光。

■ 請試著戴上三種有顏色的眼鏡看同一件東西，比較三種結果，有那些變與不變。

_____

_____

_____

■ 如果你有和別人一樣的東西，請你想一想，有什麼方法可以辨別和防止東西遺失呢？

_____

_____

_____

塗ㄚ故事園

讀了這個小故事，要請小朋友嘗試把故事畫出來。小朋友可以嘗試利用各種材料，如樹葉、碎布、剪紙等來構成畫面，愛怎麼畫就怎麼畫，不必畫得像、也不必畫得精細，只要能重說一次故事，就是最有意思的畫。

原文欣賞

人有亡鐵者，意其鄰之子，視其行步，竊鐵也；顏色，竊鐵也；言語，竊鐵也，動作態度不無而不竊鐵也。

俄而指其谷而得其鐵。他日，復見其鄰人之子，動作、態度無似竊鐵者。

【列子・說符】

148

文字妙迷宮

這個遊戲是考考小朋友的語詞庫，可從上、下、左、右、斜的方向，接出一個語詞，不一定要是四字好詞，但最好是三個字以上，完成一個詞拉出一個箭頭，如果你有很多語詞，可以不斷延伸。深色字是題目，淺色字是參考答案。

疑ㄧˊ

神ㄕㄣˊ

嫌ㄒㄧㄢˊ

疑ㄧˊ

犯ㄈㄢˋ

鬼ㄍㄨㄟˇ

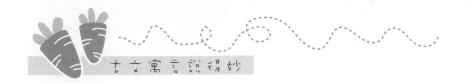

古文寓言說得妙

語文小廚房

下面的問題，小朋友可自由發揮，也可從內文裡找答案寫出短句，只要通順有理就算對。淺字部分是參考答案，可當它是空白，小朋友可直接在上面寫下自己想到的短句。

■ 請試著用「戴著有色眼鏡」造句說故事大意。

例句：掉了斧頭的人，心裡認定是鄰居偷的，等於是戴上有色眼鏡看那個人，當然怎麼看都有一層加上去的顏色。

_____

_____

_____

■ 用「先入為主」（心裡早就有想法了）、「疑心生暗鬼」（因為懷疑而產生不好的猜測）、「貼上標籤」（把自以為是的印象附在一個對象上），任選一詞造句說心得。

_____

_____

換我說故事

讀了這篇小故事，小朋友是不是也有自己的故事要說呢？

_____

_____

_____

_____

_____

_____

_____

_____

_____

_____

_____

_____

染絲

　　子ㄗˇ墨ㄇㄛˋ和ㄏㄜˊ子ㄗˇ言ㄧㄢˊ去ㄑㄩˋ看ㄎㄢˋ染ㄖㄢˇ坊ㄈㄤˊ的ㄉㄜ˙人ㄖㄣˊ工ㄍㄨㄥ作ㄗㄨㄛˋ，看ㄎㄢˋ完ㄨㄢˊ之ㄓ後ㄏㄡˋ感ㄍㄢˇ嘆ㄊㄢˋ的ㄉㄜ˙說ㄕㄨㄛ：「把ㄅㄚˇ一ㄧ塊ㄎㄨㄞˋ白ㄅㄞˊ布ㄅㄨˋ放ㄈㄤˋ進ㄐㄧㄣˋ青ㄑㄧㄥ色ㄙㄜˋ的ㄉㄜ˙染ㄖㄢˇ料ㄌㄧㄠˋ裡ㄌㄧˇ，白ㄅㄞˊ布ㄅㄨˋ就ㄐㄧㄡˋ變ㄅㄧㄢˋ成ㄔㄥˊ青ㄑㄧㄥ色ㄙㄜˋ，放ㄈㄤˋ進ㄐㄧㄣˋ黃ㄏㄨㄤˊ色ㄙㄜˋ染ㄖㄢˇ料ㄌㄧㄠˋ裡ㄌㄧˇ就ㄐㄧㄡˋ變ㄅㄧㄢˋ黃ㄏㄨㄤˊ色ㄙㄜˋ，不ㄅㄨˋ管ㄍㄨㄢˇ放ㄈㄤˋ進ㄐㄧㄣˋ哪ㄋㄚˇ一ㄧ個ㄍㄜˋ染ㄖㄢˇ缸ㄍㄤ，白ㄅㄞˊ布ㄅㄨˋ一ㄧ定ㄉㄧㄥˋ變ㄅㄧㄢˋ色ㄙㄜˋ，放ㄈㄤˋ五ㄨˇ次ㄘˋ就ㄐㄧㄡˋ變ㄅㄧㄢˋ五ㄨˇ次ㄘˋ顏ㄧㄢˊ色ㄙㄜˋ，所ㄙㄨㄛˇ以ㄧˇ要ㄧㄠˋ染ㄖㄢˇ布ㄅㄨˋ之ㄓ前ㄑㄧㄢˊ，一ㄧ定ㄉㄧㄥˋ要ㄧㄠˋ小ㄒㄧㄠˇ心ㄒㄧㄣ選ㄒㄩㄢˇ擇ㄗㄜˊ你ㄋㄧˇ要ㄧㄠˋ的ㄉㄜ˙顏ㄧㄢˊ色ㄙㄜˋ。」

　　不ㄅㄨˋ只ㄓˇ是ㄕˋ染ㄖㄢˇ布ㄅㄨˋ如ㄖㄨˊ此ㄘˇ，治ㄓˋ理ㄌㄧˇ國ㄍㄨㄛˊ家ㄐㄧㄚ要ㄧㄠˋ用ㄩㄥˋ哪ㄋㄚˇ一ㄧ種ㄓㄨㄥˇ方ㄈㄤ法ㄈㄚˇ，也ㄧㄝˇ要ㄧㄠˋ小ㄒㄧㄠˇ心ㄒㄧㄣ選ㄒㄩㄢˇ擇ㄗㄜˊ。

染絲

153

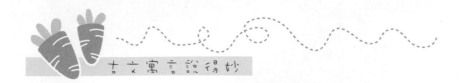

生活體驗營

小朋友可參考下列題目的角度或自己從故事裡面找幾個焦點,看一看、想一想、演一演,體驗一下不同的情境,讓頭腦觸電發光。

■ 染料有可以洗掉的和洗不掉的,小朋友可試過用壓克力漆、廣告顏料畫在棉布或牛仔褲上?彩繪一件獨一無二的衣服。

_____

_____

_____

■ 如果使用漂白水洗掉衣服上的染色,有可能依然潔白如新嗎?

_____

_____

_____

塗丫故事園

讀了這個小故事，要請小朋友嘗試把故事畫出來。小朋友可以嘗試利用各種材料，如樹葉、碎布、剪紙等來構成畫面，愛怎麼畫就怎麼畫，不必畫得像、也不必畫得精細，只要能重說一次故事，就是最有意思的畫。

原文欣賞

　　子墨子言見染絲者而嘆曰：「染於蒼則蒼，染於黃則黃。所入者變，其色亦變。五入必，而已則為五色矣。故染不可不慎也。」

　　非獨染絲然也，國亦有染。

【墨子‧所染】

156

文字妙迷宮

這個遊戲是考考小朋友的語詞庫，可從上、下、左、右、斜的方向，接出一個語詞，不一定要是四字好詞，但最好是三個字以上，完成一個詞拉出一個箭頭，如果你有很多語詞，可以不斷延伸。深色字是題目，淺色字是參考答案。

近 ㄐㄧㄣ	墨 ㄇㄛ	者 ㄓㄜ	黑 ㄏㄟ		
	朱 ㄓㄨ				
		者 ㄓㄜ			
			赤 ㄔ		

語文小廚房

下面的問題，小朋友可自由發揮，也可從內文裡找答案寫出短句，只要通順有理就算對。淺字部分是參考答案，可當它是空白，小朋友可直接在上面寫下自己想到的短句。

■ 請用「近朱者赤，近墨者黑」（靠近紅色就染上紅色，靠近黑色就染上黑色。）造句說故事大意。

_____

_____

_____

■ 請用「染指」（把手指放進染料，插手某件事的意思。）一詞以生活經驗來練習造句。

例句：小美看小花賺錢賺翻了，她也想染指那個行業，但被小花拒絕了。

_____

_____

染絲

換我說故事

讀了這篇小故事，小朋友是不是也有自己的故事要說呢？

_____

_____

_____

_____

_____

_____

_____

_____

_____

_____

_____

_____

紀渻子養鬥雞

紀渻子替周宣王訓練鬥雞。

過了十天，周宣王問：「雞訓練得差不多了嗎？可以出來拚鬥了嗎？」

紀渻子說：「還沒好，這隻雞看起來還很驕傲。」

過了十天，周宣王又問可以了嗎，紀渻子說：「還沒，這隻雞聽到聲音，看到影像仍會分心。」

又過十天，周宣王再問同樣的問題，紀渻子回答：「還是不行，從眼神看起來，這隻雞還有怒氣，而且仍然盛氣凌人。」

又過了十天吼，周宣王問完話吼，得到紀渻子的回答：「差不多了吼，別的雞雖然在鳴叫吼，這隻雞已經不受影響吼，看起來就像一隻木頭雞，鬥雞應該有的性情也都有了吼，專注而冷靜吼，其他的雞看了都不敢惹牠，掉頭就走了吼。」

古文寓言說得妙

生活體驗營

小朋友可參考下列題目的角度或自己從故事裡面找幾個焦點,看一看、想一想、演一演,體驗一下不同的情境,讓頭腦觸電發光。

■ 鬥雞在泰國很流行,類似鬥蟋蟀、鬥牛的比賽,用來競鬥的雞和一般的雞有何不同?鬥雞有哪些規定和養成過程?有哪些比賽規則?

_____

_____

_____

_____

_____

_____

_____

塗丫故事園

讀了這個小故事，要請小朋友嘗試把故事畫出來。小朋友可以嘗試利用各種材料，如樹葉、碎布、剪紙等來構成畫面，愛怎麼畫就怎麼畫，不必畫得像、也不必畫得精細，只要能重說一次故事，就是最有意思的畫。

原文欣賞

紀ㄐ渻ㄕ子ㄗˇ為ㄨㄟˋ王ㄨㄤˊ養ㄧㄤˇ鬥ㄉㄡˋ雞ㄐㄧ。

十ㄕˊ日ㄖˋ而ㄦ問ㄨㄣˋ：「雞ㄐㄧ已ㄧˇ乎ㄏㄨ？」曰ㄩㄝ：「未ㄨㄟˋ也ㄧㄝˇ。方ㄈㄤ虛ㄒㄩ憍ㄐㄧㄠ而ㄦ恃ㄕˋ氣ㄑㄧˋ。」

十ㄕˊ日ㄖˋ又ㄧㄡˋ問ㄨㄣˋ。曰ㄩㄝ：「未ㄨㄟˋ也ㄧㄝˇ。猶ㄧㄡˊ應ㄧㄥˋ響ㄒㄧㄤˇ景ㄐㄧㄥˇ。」

十ㄕˊ日ㄖˋ又ㄧㄡˋ問ㄨㄣˋ。曰ㄩㄝ：「未ㄨㄟˋ也ㄧㄝˇ。猶ㄧㄡˊ疾ㄐㄧˊ視ㄕˋ而ㄦ盛ㄕㄥˋ氣ㄑㄧˋ。」

十ㄕˊ日ㄖˋ又ㄧㄡˋ問ㄨㄣˋ。曰ㄩㄝ：「幾ㄐㄧ矣ㄧˇ。雞ㄐㄧ雖ㄙㄨㄟ有ㄧㄡˇ鳴ㄇㄧㄥˊ者ㄓㄜˇ，已ㄧˇ無ㄨˊ變ㄅㄧㄢˋ矣ㄧˇ。望ㄨㄤˋ之ㄓ，似ㄙˋ木ㄇㄨˋ雞ㄐㄧ矣ㄧˇ，其ㄑㄧˊ德ㄉㄜˊ全ㄑㄩㄢˊ矣ㄧˇ。異ㄧˋ雞ㄐㄧ無ㄨˊ敢ㄍㄢˇ應ㄧㄥˋ者ㄓㄜˇ，反ㄈㄢˇ走ㄗㄡˇ矣ㄧˇ。」

【莊ㄓㄨㄤ子ㄗˇ・達ㄉㄚˊ生ㄕㄥ】

164

文字妙迷宮

這個遊戲是考考小朋友的語詞庫，可從上、下、左、右、斜的方向，接出一個語詞，不一定要是四字好詞，但最好是三個字以上，完成一個詞拉出一個箭頭，如果你有很多語詞，可以不斷延伸。深色字是題目，淺色字是參考答案。

					呆ㄉㄞ
				若ㄖㄨㄛ	頭ㄊㄡ
			木ㄇㄨ		呆ㄉㄞ
		雞ㄐㄧ			腦ㄋㄠ

語文小廚房

下面的問題，小朋友可自由發揮，也可從內文裡找答案寫出短句，只要通順有理就算對。淺字部分是參考答案，可當它是空白，小朋友可直接在上面寫下自己想到的短句。

■ 用「呆若木雞」、「入定的雞」、「聞雞起舞」（早上聽到雞叫的聲音就起床練舞，比喻作息規律，學習有進度。），以生活經驗練習造句。

_____

_____

■ 用「訓練」和「磨練」造句、串句、說故事大意。

例句：紀渻子訓練鬥雞有一定步驟，主要是磨練雞的定力和專注力，跟栽培人才是一樣的。

_____

_____

_____

_____

換我說故事

讀了這篇小故事，小朋友是不是也有自己的故事要說呢？

_____

_____

_____

_____

_____

_____

_____

_____

_____

_____

_____

_____

杞人憂天

　　杞國有一個人擔心天崩地裂，他擔心那時會無處安身，因此吃不下飯也睡不著覺。有一個關心他的朋友就去開導他說道：「天是一些氣體所累積而成的，沒有一個地方是沒有這些氣，連你的呼吸吐氣都在天的氣之中，為什麼擔心天會崩呢？」

　　那個人說：「天如果真是氣累積成的，那麼太陽月亮星星怎麼不會掉下來？」這個朋友又說：「太陽月亮星星也是氣累積而成的，即使掉下來也不會傷到你。」這個擔心天崩的人問：「那如果地塌陷了怎麼辦？」朋友說：

「大地是由所有的土地堆積而成的，你走到哪兒都是地面，不必擔心地壞了啊。」那個人聽了覺得有道理，突然就放心了，好心勸導的朋友看他放心也開心了。

生活體驗營

小朋友可參考下列題目的角度或自己從故事裡面找幾個焦點，看一看、想一想、演一演，體驗一下不同的情境，讓頭腦觸電發光。

■ 近年來有關自然環境的電影頗多，「天崩地裂」、「明天過後」、「彗心撞地球」……等片，內容都是討論人們與自然相處的題材，有機會可以請老師或爸爸媽媽租片子一同欣賞。

_____

_____

_____

■ 收集有關地震災區和捐款重建的報導或文章。

_____

_____

_____

塗丫故事園

讀了這個小故事，要請小朋友嘗試把故事畫出來。小朋友可以嘗試利用各種材料，如樹葉、碎布、剪紙等來構成畫面，愛怎麼畫就怎麼畫，不必畫得像、也不必畫得精細，只要能重說一次故事，就是最有意思的畫。

原文欣賞

　　杞國有人憂天地崩墜，身亡所寄，廢寢食者。

　　又有憂彼之所憂者，因往曉之，曰：「天積氣耳，亡處亡氣，若屈伸呼吸，終日在天中行止，奈何憂崩墜乎？」

　　其人曰：「天果積氣，日月星宿不當墜邪？」

　　曉之者曰：「日月星宿，亦積氣中之有光耀者，只使墜亦不能有所中傷。」

　　其人曰：「奈地壞何？」

　　曉者曰：「地積塊耳。充塞四虛，亡處無塊，若躇步跐蹈，終日在地上行止，奈何憂其壞。」其人舍然大喜，曉之者亦舍然大喜。」

【列子・天瑞篇】

172

文字妙迷宮

這個遊戲是考考小朋友的語詞庫，可從上、下、左、右、斜的方向，接出一個語詞，不一定要是四字好詞，但最好是三個字以上，完成一個詞拉出一個箭頭，如果你有很多語詞，可以不斷延伸。深色字是題目，淺色字是參考答案。

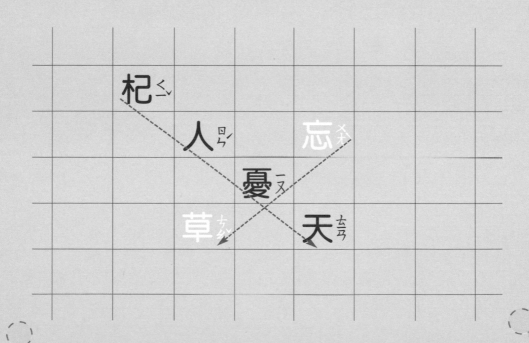

語文小廚房

下面的問題，小朋友可自由發揮，也可從內文裡找答案寫出短句，只要通順有理就算對。淺字部分是參考答案，可當它是空白，小朋友可直接在上面寫下自己想到的短句。

■ 請試著用「未雨綢繆」（還沒下雨就先張羅雨具，表示提早準備還沒發生的事。）、「想得太多」、「先知先覺」，以生活經驗造句。

_____

_____

■ 用「擔心得食不知味」和「豁然開朗」造句說故事大意。

例句：想到有一天會天崩地裂，有個杞國人擔心得食不知味，幸好經過朋友好心開導，他才豁然開朗。

_____

_____

_____

_____

換我說故事

讀了這篇小故事，小朋友是不是也有自己的故事要說呢？

不誤反誤

有一個叛逆的孩子，行為向來都是違背他父親的意思。父親臨終留言：「你一定要給我用水葬的儀式。」

這個父親為何這樣說？主要是想到這個孩子凡事都和他唱反調，故意把希望土葬的心願說成是水葬。

後來，這個父親過世了，這個叛逆的孩子卻說：「我生平都不聽父親的話，現在他死了，我一定不能再違抗他。」於是就把他父親給水葬了。

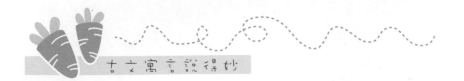

小朋友可參考下列題目的角度或自己從故事裡面找幾個焦點，看一看、想一想、演一演，體驗一下不同的情境，讓頭腦觸電發光。

■ 玩划拳遊戲「黑白猜」，猜想對方的心意再反應。

_____

_____

_____

_____

_____

_____

_____

_____

_____

塗丫 故事園

讀了這個小故事，要請小朋友嘗試把故事畫出來。小朋友可以嘗試利用各種材料，如樹葉、碎布、剪紙等來構成畫面，愛怎麼畫就怎麼畫，不必畫得像、也不必畫得精細，只要能重說一次故事，就是最有意思的畫。

原文欣賞

　　有一狼子，生平多逆父旨，父臨死屬曰：
「必葬我水中。」冀其逆命，得葬土中。

　　至是狼子曰：「生平逆父命，今死不敢違
旨也。」乃築沙潭水心以葬。

【古今譚概】

文字妙迷宮

這個遊戲是考考小朋友的語詞庫，可從上、下、左、右、斜的方向，接出一個語詞，不一定要是四字好詞，但最好是三個字以上，完成一個詞拉出一個箭頭，如果你有很多語詞，可以不斷延伸。深色字是題目，淺色字是參考答案。

	逆ㄋㄧˋ			
	來ㄌㄞˊ	向ㄒㄧㄤ		
	順ㄕㄨㄣˋ		操ㄘㄠ	
	受ㄕㄡˋ			作ㄗㄨㄛˋ

語文小廚房

下面的問題，小朋友可自由發揮，也可從內文裡找答案寫出短句，只要通順有理就算對。淺字部分是參考答案，可當它是空白，小朋友可直接在上面寫下自己想到的短句。

■ 請試著用「唱反調」、「逆向操作」（故意往相反的方向去做，出人意料的行為思想）、「失算」造句說故事大意。

_____

_____

_____

■ 用「唱反調」、「逆向操作」、「失算」造一個和故事無關但和你的生活見聞有關的句子。

例句：：唱反調＼小明老愛和人唱反調，不得長輩歡心，同學也覺得他某根神經有問題。

_____

_____

_____

換我說故事

讀了這篇小故事，小朋友是不是也有自己的故事要說呢？

_____

_____

_____

_____

_____

_____

_____

_____

_____

_____

_____

眉間尺

　　有一個名字叫眉間尺的少年，他因兩眉之間分得很開，被稱為眉間尺，因為和楚王有世仇而逃到山裡，在逃亡的路上遇到一個路客，那路客知道眉間尺的事情就告訴他說：「我能替你報仇，但是需要你的頭和你的劍。」

　　眉間尺把頭和劍給了路客，路客到了楚國，把眉間尺的頭交給楚王，楚王把眉間尺的頭放進鍋裡煮，煮了七天都不爛，楚王親自靠近鍋裡看怎麼回事。這時路客從楚王背後把楚王的頭砍了，也掉進鍋裡。

　　眉間尺和楚王的頭在鍋裡緊咬不放，路客

怕眉間尺輸了，就自己把頭砍進鍋裡去幫忙，三顆頭在鍋裡咬成一一團，七天後，都爛了，旁人從鍋水裡分辨三人的頭，分別葬了，那個地方叫做「三頭冢」。

生活體驗營

小朋友可參考下列題目的角度或自己從故事裡面找幾個焦點，看一看、想一想、演一演，體驗一下不同的情境，讓頭腦觸電發光。

■ 試著畫一個眉與眉之間離得很遠的人，再畫一個眉與眉之間靠得很近的人，你看看分別帶給你什麼感覺？

_____

_____

_____

■ 類似三頭冢的紀念碑，小朋友你知道還有哪裡？

_____

_____

_____

塗丫故事園

讀了這個小故事，要請小朋友嘗試把故事畫出來。小朋友可以嘗試利用各種材料，如樹葉、碎布、剪紙等來構成畫面，愛怎麼畫就怎麼畫，不必畫得像、也不必畫得精細，只要能重說一次故事，就是最有意思的畫。

原文欣賞

眉間尺仇楚逃之山，道逢一客曰：「吾能為子報仇，然須子之頭與子之劍。」

尺與之頭，客之楚，獻王。王以鑊煮其頭，七日不爛，自臨視之。

客人從後截王頭入鑊，兩頭相嚙，客恐尺頭不勝，自擬其頭入鑊，三頭相咬，七日後，一時俱爛，乃分其湯葬之，名曰「三頭家」。

【古今譚概】

188

文字妙迷宮

這個遊戲是考考小朋友的語詞庫，可從上、下、左、右、斜的方向，接出一個語詞，不一定要是四字好詞，但最好是三個字以上，完成一個詞拉出一個箭頭，如果你有很多語詞，可以不斷延伸。深色字是題目，淺色字是參考答案。

亡ㄨㄤ 命ㄇㄧㄥ 之ㄓ 徒ㄊㄨ →
　　　　　　　子ㄗˇ
　　　　　　　徒ㄊㄨ
　　　　　　　孫ㄙㄨㄣ ↓

下面的問題，小朋友可自由發揮，也可從內文裡找答案寫出短句，只要通順有理就算對。淺字部分是參考答案，可當它是空白，小朋友可直接在上面寫下自己想到的短句。

■ 試著將「冤冤相報」、「路見不平拔刀相助」、「追打」，造句並說故事大意。

_____

_____

_____

■ 小朋友，想一想，請試著編一個不一樣結尾的眉間尺故事。

_____

_____

_____

換我說故事

讀了這篇小故事，小朋友是不是也有自己的故事要說呢？

_____

_____

_____

_____

_____

_____

_____

_____

_____

_____

_____

_____

_____

知一而不知二

　　若石住在冥山的南方，這地方附近有老虎，時常從遠處看著若石一家，等待機會入侵。若石帶著家人日夜戒備著，只要天一亮他們就敲鑼打鼓向偷窺的老虎示威，天一黑就升火，半夜起床都會搖鈴以壯聲勢。若石還在家園四處種滿荊棘圍成護牆，在山谷裡挖坑加強防守，嚴密防備以致老虎一點機會也沒有。

　　後來老虎死了，若石很高興，以為以後再也沒有什麼好擔心了。於是他拆了防備的機關，牆塌了也不修。沒多久，有另外一種凶猛的野獸「貙」，追著麋鹿而進入若石的圍籬之

內，聽到若石院子裡的牛、羊、豬在叫，都把牠們吃了。若石不知道貙是一種殘暴凶猛的動物，大聲的趕牠走，趕不走，若石拿石塊丟貙，不料貙站起來比人還高，若石就被咬死了。

生活體驗營

小朋友可參考下列題目的角度或自己從故事裡面找幾個焦點，看一看、想一想、演一演，體驗一下不同的情境，讓頭腦觸電發光。

■ 小朋友，你玩過動物拼圖嗎?試著選擇有大小之分的動物兩三種，完成拼圖後辨識這些動物的差別。

_____

_____

_____

_____

_____

_____

_____

塗Y故事園

讀了這個小故事，要請小朋友嘗試把故事畫出來。小朋友可以嘗試利用各種材料，如樹葉、碎布、剪紙等來構成畫面，愛怎麼畫就怎麼畫，不必畫得像、也不必畫得精細，只要能重說一次故事，就是最有意思的畫。

原文欣賞

　　若石於冥山之陰，有虎恆蹲以窺其藩。若石帥其人晝夜警，日出而殷鉦，日入而燎輝，宵則振鐸以望，植棘樹墉，坎山谷以守。卒歲，虎不能有獲。

　　一日而虎死，若石大喜，自以為虎死無毒己者矣。

　　於是弛其機，撤其備，垣壞而不修，藩決而不理。無何，有貙麋，來止其室之隈，聞其牛、羊、豕之聲而入食焉。若石不知其為貙也，叱之，不走；投之以塊，貙人立而爪之，斃。

【孟子‧公孫丑上】

文字妙迷宮

這個遊戲是考考小朋友的語詞庫，可從上、下、左、右、斜的方向，接出一個語詞，不一定要是四字好詞，但最好是三個字以上，完成一個詞拉出一個箭頭，如果你有很多語詞，可以不斷延伸。深色字是題目，淺色字是參考答案。

一ˋ 門ㄇㄣˊ 忠ㄓㄨㄥ 烈ㄌㄧㄝˋ

禁ㄐㄧㄣ

森ㄙㄣ

嚴ㄧㄢˊ

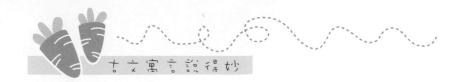

語文小廚房

下面的問題，小朋友可自由發揮，也可從內文裡找答案寫出短句，只要通順有理就算對。淺字部分是參考答案，可當它是空白，小朋友可直接在上面寫下自己想到的短句。

■ 試著「掉以輕心」、「冰山一角」、「前功盡棄」，造句說大意。

_____

_____

■ 以上面同樣的詞造句說心得。

_____

_____

■ 試著用「知其一不知其二」，以生活經驗造句。

例句：小鄧以為學會電腦就可以找到工作，沒想到有了工作之後還得學更多應用軟體，真是只知其一不知其二。

_____

_____

換 我 說 故 事

讀了這篇小故事，小朋友是不是也有自己的故事要說呢？

_____

_____

_____

_____

_____

_____

_____

_____

_____

_____

_____

_____

智短漢

　　唐朝武則天在位時，曾經規定不許殺生。有一次，監察御史婁師德到陝西辦公，當地的廚師在宴會上端出羊肉，婁師德問：「怎麼會有羊肉？」廚師說：「這是被豺咬死的羊，我們只好拿來用了。」婁師德只好幽默的說：「這隻豺真懂事，知道皇上規定不能殺生，牠替你們殺羊。」

　　接著，廚師又上一道魚的菜餚，婁師德又問相同問題，廚師答：「這是被豺咬死的魚，我們只好拿來用了。」婁師德很生氣的罵道：「你這個白痴，為何不說是被獺咬死的魚？」

智短漢

小朋友可參考下列題目的角度或自己從故事裡面找幾個焦點,看一看、想一想、演一演,體驗一下不同的情境,讓頭腦觸電發光。

■ 小朋友,豺和羊有什麼共通性?為何羊被豺咬死是合理的?

_____

_____

_____

_____

■ 而獺和魚有何共通性?為何魚被豺咬死的理由太牽強?

_____

_____

_____

_____

塗丫 故事園

讀了這個小故事，要請小朋友嘗試把故事畫出來。小朋友可以嘗試利用各種材料，如樹葉、碎布、剪紙等來構成畫面，愛怎麼畫就怎麼畫，不必畫得像、也不必畫得精細，只要能重說一次故事，就是最有意思的畫。

　　則天朝大禁屠殺。御史婁師德使至陝，庖人進肉，問：「何為有此？」庖人曰：「豺咬殺羊。」師德曰：「豺大解事。」

　　又進鱠，復問之，庖人曰：「豺咬殺魚。」師德叱曰：「智短漢，何不道是獺！」

【古今譚概】

文字妙迷宮

這個遊戲是考考小朋友的語詞庫，可從上、下、左、右、斜的方向，接出一個語詞，不一定要是四字好詞，但最好是三個字以上，完成一個詞拉出一個箭頭，如果你有很多語詞，可以不斷延伸。深色字是題目，淺色字是參考答案。

過_{ㄍㄨㄛ} 受_{ㄕㄡ} 人_{ㄖㄣ} 代_{ㄉㄞ}
罪_{ㄗㄨㄟ}
羔_{ㄍㄠ}
羊_{ㄧㄤ}

語文小廚房

下面的問題，小朋友可自由發揮，也可從內文裡找答案寫出短句，只要通順有理就算對。淺字部分是參考答案，可當它是空白，小朋友可直接在上面寫下自己想到的短句。

■ 請試著將「說謊不打草稿」、「拍馬屁拍到馬腿上」、「藉口」、「圓謊」（讓謊話更合理），造句說大意。

_____

_____

_____

■ 以上面同樣的詞，以生活經驗來造句。

例句：小林每次換新手機都說是信用卡贈品，我的信用卡比他多，怎麼從來沒送過手機，可見他說謊不打草稿。

_____

_____

_____

換我說故事

讀了這篇小故事，小朋友是不是也有自己的故事要說呢？

_____

_____

_____

_____

_____

_____

_____

_____

_____

_____

_____

卿言亦好

　　後漢司馬徽不喜歡說人家的壞話，和人家交談，無論談到什麼事，最後都說「好」，有人問他「最近好嗎？」他一定答「好！」有人告訴他最近死了兒子，司馬徽也說「很好啊！」

　　司馬徽的太太責怪他：「人家看你不錯，才跟你談家裡有人死了的事，你怎麼可以說好？」司馬徽聽太太罵完之後，也說：「你說得很好！」

生活體驗營

小朋友可參考下列題目的角度或自己從故事裡面找幾個焦點，看一看、想一想、演一演，體驗一下不同的情境，讓頭腦觸電發光。

■ 小朋友請試著將「遇好人」、「說好話」、「做好事」、「成好事」、「存好心」，排出先後順序。

_____

_____

_____

■ 玩優點大轟炸，輪流當主角，不當主角的人要找出主角的優點，只能說長處不能說短處。

_____

_____

_____

塗丫故事園

讀了這個小故事，要請小朋友嘗試把故事畫出來。小朋友可以嘗試利用各種材料，如樹葉、碎布、剪紙等來構成畫面，愛怎麼畫就怎麼畫，不必畫得像、也不必畫得精細，只要能重說一次故事，就是最有意思的畫。

原文欣賞

　　後漢司馬徽不談人短，與人語美惡皆言「好」。有人問徽安否？答曰：「好！」有人自陳子死，答曰：「大好！」

　　妻責之曰：「人以君有德，故此相告，何聞人子死，反亦言好？」徽曰：「如卿之言亦大好。」

【古今譚概】

文字妙迷宮

這個遊戲是考考小朋友的語詞庫，可從上、下、左、右、斜的方向，接出一個語詞，不一定要是四字好詞，但最好是三個字以上，完成一個詞拉出一個箭頭，如果你有很多語詞，可以不斷延伸。深色字是題目，淺色字是參考答案。

好ㄏㄠˇ 心ㄒㄧㄣ 有ㄧㄡˇ 好ㄏㄠˇ 報ㄅㄠˋ

好ㄏㄠˇ

先ㄒㄧㄢ

生ㄕㄥ

語文小廚房

下面的問題，小朋友可自由發揮，也可從內文裡找答案寫出短句，只要通順有理就算對。淺字部分是參考答案，可當它是空白，小朋友可直接在上面寫下自己想到的短句。

■ 用「心」去造詞，至少造三個詞，用這三個詞造句，說故事大意。

例句：專心、好心、無心／司馬徽是個好心的人，從來不說別人的壞話，許多人都喜歡和他談心事，但有時候司馬徽聽話不專心，連人家有傷心的事，他都說「很好！」因此還要他的太太替他道歉，說司馬徽人雖好也會患無心之過。

_____

_____

_____

_____

■ 以上面同樣的詞，將生活經驗造句出來。

_____

_____

卿言亦好

換我說故事

讀了這篇小故事，小朋友是不是也有自己的故事要說呢？

_____

_____

_____

_____

_____

_____

_____

_____

_____

_____

_____

_____

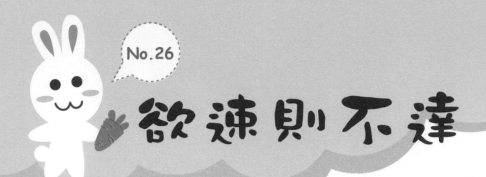

欲速則不達

　　在庚寅年的冬天， 我必須從小港到蛟川， 就叫書僮趕快收拾書簡一起跟我出發。 那時天色已晚， 家家炊煙四起， 我看著蛟川城門約有二公里遠， 就問擺渡的船夫說： 「 還來得及在南門關閉之前到達嗎？ 」 擺渡的上下仔細的打量書僮， 然後說： 「 如果慢慢走就來得及， 快速過去可能城門已關。 」 我很生氣他在我緊急的時候開玩笑。

　　上了船， 我就催促他快點， 到了河中央， 書僮受不了劇烈震蕩而跌倒， 書帶斷了， 書散了， 書僮倒地唉嚎， 很久之後才把書再整理捆

欲速則不達

好。 到達蛟川時， 城門已一關， 我才恍然大悟船夫先前所說的話。

　　天底下行事急躁的人， 最後都自嘗失敗苦果， 天黑之時找不到路回家的人也是這樣啊！

217

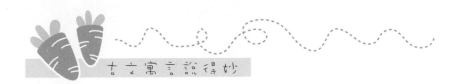

生活體驗營

小朋友可參考下列題目的角度或自己從故事裡面找幾個焦點，看一看、
想一想、演一演，體驗一下不同的情境，讓頭腦觸電發光。

■ 體驗一下兩人三腳的趣味競賽，在未取得協調之前，快速前進將有
何後果？

_____

_____

_____

_____

_____

_____

_____

_____

塗丫故事園

讀了這個小故事，要請小朋友嘗試把故事畫出來。小朋友可以嘗試利用各種材料，如樹葉、碎布、剪紙等來構成畫面，愛怎麼畫就怎麼畫，不必畫得像、也不必畫得精細，只要能重說一次故事，就是最有意思的畫。

原文欣賞

　　庚寅冬，予自小港欲入蛟川，命小奚以一木簡束書從。

　　時西日沉山，晚煙縈樹，望城二里許，因問渡者：「尚可得南門開否？」渡者熟視小奚，應曰：「徐行之尚開也，速行則闔。」予慍以為戲，趨行及半，小奚仆，束斷書崩，啼未即起；理書就束，而前門已牡下矣。予爽然思渡者言道！

　　天下之躁急自敗，窮暮而無所歸者，其猶是也夫！其猶是也夫！

【明‧周容‧春涵堂詩文集】

220

文字妙迷宮

這個遊戲是考考小朋友的語詞庫，可從上、下、左、右、斜的方向，接出一個語詞，不一定要是四字好詞，但最好是三個字以上，完成一個詞拉出一個箭頭，如果你有很多語詞，可以不斷延伸。深色字是題目，淺色字是參考答案。

裝	神	弄	鬼		
		巧			
			成		
				拙	

裝（ㄓㄨㄤ）神（ㄕㄣˊ）弄（ㄋㄨㄥˋ）鬼（ㄍㄨㄟˇ）
巧（ㄑㄧㄠˇ）
成（ㄔㄥˊ）
拙（ㄓㄨㄛˊ）

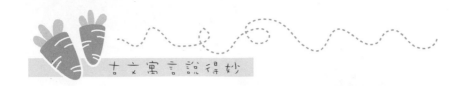
語文小廚房

下面的問題，小朋友可自由發揮，也可從內文裡找答案寫出短句，只要通順有理就算對。淺字部分是參考答案，可當它是空白，小朋友可直接在上面寫下自己想到的短句。

■ 試著用「呷緊打破碗」（吃東西吃得太急，一急之下整碗飯菜都打翻，那就別吃了。）造句，並說故事大意。

_____

_____

_____

■ 用「欲速則不達」以生活經驗造句。

例句：看著捷運進站，我趕緊用跑的，不小心摔跤，再爬起來時，看著捷運開走了，真是欲速則不達。

_____

_____

換我說故事

讀了這篇小故事，小朋友是不是也有自己的故事要說呢？

呂洞賓點石成金

　　有一個人窮得一塌糊塗，但他虔誠地敬拜呂洞賓。

　　呂洞賓知道了很感動，就下凡到這窮人的家，看到窮人一貧如洗，非常同情他，立刻用手指指了外面一顆大石頭，這石頭就變成了光亮照人的金塊，呂洞賓對窮人說：「這是你要的，給你了。」但是窮人卻說：「我不要。」

　　呂洞賓聽了很高興，以為這人不貪，是可以傳法的人，就說：「你這麼的誠懇求法，安

貧樂道，我願意一收你為徒，傳授大法。」窮人卻說：「我不是你說的那樣，我不要黃金，但是，我要你那根點石成金的手指頭。」

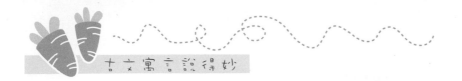
生活體驗營

小朋友可參考下列題目的角度或自己從故事裡面找幾個焦點,看一看、想一想、演一演,體驗一下不同的情境,讓頭腦觸電發光。

■ 小朋友你看過媽媽將剩菜剩飯加入新的配料,之後做成另一道美食,是不是很神奇?你覺得用「點石成金」來形容合適嗎?或者,一些看似不值錢的東西,被拿去製作成藝品,賣出高價,更有點石成金的意義?任何化腐朽為神奇的創意,都可稱之為點石成金,你可以再想想,並且試著用這個詞。

_____

_____

_____

_____

_____

_____

塗丫故事園

讀了這個小故事，要請小朋友嘗試把故事畫出來。小朋友可以嘗試利用各種材料，如樹葉、碎布、剪紙等來構成畫面，愛怎麼畫就怎麼畫，不必畫得像、也不必畫得精細，只要能重說一次故事，就是最有意思的畫。

一人貧苦特甚，生平虔奉呂祖。

祖感其試，忽降其家；見其赤貧，不勝憫之，因伸一指，指其庭中磐石，粲然化為黃金，曰：「汝欲之乎？」

其人再拜曰：「不欲也。」呂祖大喜，謂：「子誠如此，便可授子大道。」其人曰：「不然，我心欲汝此指頭耳。」

【廣談助】

文字妙迷宮

這個遊戲是考考小朋友的語詞庫，可從上、下、左、右、斜的方向，接出一個語詞，不一定要是四字好詞，但最好是三個字以上，完成一個詞拉出一個箭頭，如果你有很多語詞，可以不斷延伸。深色字是題目，淺色字是參考答案。

頑ㄨㄢˊ

點ㄉㄧㄢˇ 石ㄕˊ 成ㄔㄥˊ 金ㄐㄧㄣ →

點ㄉㄧㄢˇ

頭ㄊㄡˊ

語文小廚房

下面的問題，小朋友可自由發揮，也可從內文裡找答案寫出短句，只要通順有理就算對。淺字部分是參考答案，可當它是空白，小朋友可直接在上面寫下自己想到的短句。

■ 請試著用「點石成金」、「一貧如洗」（形容窮得好像才被水沖光了所有的財物）、「金雞母」（會生金雞蛋的母雞）造句，並說故事大意。

_____

_____

■ 用「臨淵羨魚，不如退而結網」（到了深潭才發現有許多魚，但沒有釣具，還不如回去結個魚網再來。）、「機會只給有準備的人」、「給魚吃，不如給釣桿」（給他魚吃，不如給他一根釣桿自己釣魚，就不必再依賴人家幫助了）以生活經驗造句。

例句：光是看人家上台領獎，自己在一旁羨慕，不如回去加油，下次機會來的時候好好表現，就該你上台風光了，你沒聽過「機會只給有準備的人」嗎？

_____

換我說故事

讀了這篇小故事，小朋友是不是也有自己的故事要說呢？

_____

_____

_____

_____

_____

_____

_____

_____

_____

_____

_____

_____

畫蛇添足

　　有一個主持祭祀的人，把祭祠得到的酒分給親友們喝，親友們看看那一小壺酒說：「這壺酒給我們這麼多人喝不夠，一個人喝又太多，這樣吧！請大家在地上畫一條蛇，看誰畫得最快，給先畫好的人喝。」

　　親友之中有一人先畫好，拿起酒正要喝，左手拿酒杯，右手畫蛇說：「我還有時間替蛇畫上腳。」他還沒畫好腳，另一個人的蛇畫好了，把酒搶了過去說：「蛇本來沒有腳，你怎麼可以替蛇畫上腳呢？」於是就毫不客氣的把酒給喝了。

古文寓言說得妙

生活體驗營

小朋友可參考下列題目的角度或自己從故事裡面找幾個焦點，看一看、想一想、演一演，體驗一下不同的情境，讓頭腦觸電發光。

■ 請試著找出和蛇同科但有腳的動物。小朋友可得去翻翻動物百科，找資料囉！

_____

_____

_____

■ 小朋友請試著想別的方式，來決定誰可以喝那杯酒。

_____

_____

_____

塗丫故事園

讀了這個小故事，要請小朋友嘗試把故事畫出來。小朋友可以嘗試利用各種材料，如樹葉、碎布、剪紙等來構成畫面，愛怎麼畫就怎麼畫，不必畫得像、也不必畫得精細，只要能重說一次故事，就是最有意思的畫。

楚有祠者，賜其舍人卮酒，舍人相謂曰：「數人飲之不足，一人飲之有餘。請畫地為蛇，先成者飲酒。」

一人蛇先成，引酒且飲之；乃左手持酒，右手畫蛇，曰：「吾能為之足。」未成，一人之蛇成；奪其卮，曰：「蛇固無足，子安能為之足？」遂飲其酒。

為蛇足者，終亡其酒。

【漢朝劉向‧戰國策】

文字妙迷宮

這個遊戲是考考小朋友的語詞庫，可從上、下、左、右、斜的方向，接出一個語詞，不一定要是四字好詞，但最好是三個字以上，完成一個詞拉出一個箭頭，如果你有很多語詞，可以不斷延伸。深色字是題目，淺色字是參考答案。

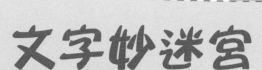

多（ㄉㄨㄛ） 此（ㄘˇ） 一（一ˋ） 舉（ㄐㄩˇ） 一（一ˋ）

奏（ㄗㄡˋ）

功（ㄍㄨㄥ）

語文小廚房

下面的問題，小朋友可自由發揮，也可從內文裡找答案寫出短句，只要通順有理就算對。淺字部分是參考答案，可當它是空白，小朋友可直接在上面寫下自己想到的短句。

■ 請試著用「多此一舉」、「悔恨不已」、「煮熟的鴨子飛了」造句並說故事大意。

_____

_____

■ 請試著用「畫蛇添足」造生活經驗的句子。

例句：她總在畫上五顏六色的眼影後，再戴上花邊眼鏡，你說這不是畫蛇添足嗎？

_____

_____

_____

_____

換我說故事

讀了這篇小故事，小朋友是不是也有自己的故事要說呢？

_____

_____

_____

_____

_____

_____

_____

_____

_____

_____

_____

螳螂葉隱形人

　　楚國有一個窮人，讀了一本「淮南方」的書，從書中得知螳螂捕蟬時用來藏身的樹葉，也可以給人用來摭掩，有隱形效果。於是，他到樹下去找螳螂用過的葉子，他仰頭向樹上張望，看到一隻螳螂正躲在葉片後面捉蟬，於是他去摘那片葉子，葉子落到地上，和地上的一堆落葉混在一起，分不清楚哪一片是螳螂用過的，他只好把那堆落葉都掃回家，一片一片的試。

　　這個窮人每試一片葉子就問太太：「你看得見我嗎？」剛開始，他太太認真的回答：

「看得見。」不斷的試了好幾次，他太太都說：「看得見。」這樣試了幾天之後，他太太覺得好煩，就隨便回答他：「看不見。」

　　這個人很高興，以為終於找到那片可以隱形的葉子了，就拿著那片葉子去市場，當著人家的面就拿走東西，終於被捉到官府去受審，

官爺問他怎麼搞的？他一五一十的回答，大家聽了都笑歪了，官爺覺得這個人笨得可以，可能精神也有問題，就沒辦他的罪。

241

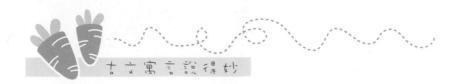

生活體驗營

小朋友可參考下列題目的角度或自己從故事裡面找幾個焦點，看一看、想一想、演一演，體驗一下不同的情境，讓頭腦觸電發光。

■ 你想那個人是看錯了書？還是窮昏了頭？你曾不曾照著書上教的去做某件事，結果行不通，還鬧了笑話？

_____

_____

_____

_____

_____

_____

_____

螳螂葉孫形人

塗丫故事園

讀了這個小故事，要請小朋友嘗試把故事畫出來。小朋友可以嘗試利用各種材料，如樹葉、碎布、剪紙等來構成畫面，愛怎麼畫就怎麼畫，不必畫得像、也不必畫得精細，只要能重說一次故事，就是最有意思的畫。

原文欣賞

　　楚人貧居，讀「淮南方」，得螳螂伺蟬自障葉，可以隱形。

　　遂於樹下仰取葉，螳螂執葉伺蟬，以摘之。葉落樹下，樹下先有落葉，不能復分別。掃取數斗歸。──以葉自障。

　　問其妻曰：「汝見我不？」妻始時恆答言「見」。經日乃厭不堪，始云「不見」。

　　嘿然大喜，齎葉入市，對面取人物。吏遂縛詣縣，縣官受辭，自說本末。官大笑，放而不治。

【三國・邯鄲淳】

文字妙迷宮

這個遊戲是考考小朋友的語詞庫，可從上、下、左、右、斜的方向，接出一個語詞，不一定要是四字好詞，但最好是三個字以上，完成一個詞拉出一個箭頭，如果你有很多語詞，可以不斷延伸。深色字是題目，淺色字是參考答案。

苦ㄎㄨ
不ㄅㄨ
堪ㄎㄢ 堪ㄎㄢ
言ㄧㄢ 其ㄑㄧ
擾ㄖㄠ

古文寓言說得妙

語文小廚房

下面的問題，小朋友可自由發揮，也可從內文裡找答案寫出短句，只要通順有理就算對。淺字部分是參考答案，可當它是空白，小朋友可直接在上面寫下自己想到的短句。

■ 試著用「異想天開」、「自欺欺人」造句，並說故事大意。

_____

_____

_____

■ 用前述相同的詞，以生活經驗造句。

_____

_____

_____

_____

換 我 說 故 事

讀了這篇小故事，小朋友是不是也有自己的故事要說呢？

_____

_____

_____

_____

_____

_____

_____

_____

_____

_____

蜀鄙二僧

　　四川邊境土地貧瘠的地方有兩個和尚，一個富有，一個貧窮。

　　有一天，那貧窮的和尚跟有錢的和尚說：「我想去南海，你看怎樣？」有錢的和尚說：「你憑什麼去？」第二年，貧窮的和尚從南海回來了，又去找有錢的和尚，那有錢的和尚覺得很慚愧。

　　西蜀距離南海很遠，不知有幾千里，有錢的和尚沒去過，貧窮的和尚卻去了，從這件事看；我們在立志時，可以不以他們為借鏡嗎？

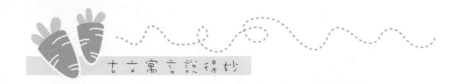

生活體驗營

小朋友可參考下列題目的角度或自己從故事裡面找幾個焦點,看一看、想一想、演一演,體驗一下不同的情境,讓頭腦觸電發光。

■ 試著規劃自己的時間表,短程的以一個禮拜來計畫,每個禮拜的第一天寫好功課表,交給你信任的人,等這一周過完再拿回來,對照你曾規畫要做什麼,及已完成了什麼。不能完成百分之百,沒關係,這只是一種提醒自己的習慣,即使你只完成不到一半,仍比完全不知檢討的要好許多。

_____

_____

_____

_____

_____

_____

塗丫 故事園

讀了這個小故事，要請小朋友嘗試把故事畫出來。小朋友可以嘗試利用各種材料，如樹葉、碎布、剪紙等來構成畫面，愛怎麼畫就怎麼畫，不必畫得像、也不必畫得精細，只要能重說一次故事，就是最有意思的畫。

原文欣賞

蜀之鄙，有二僧；其一貧，其一富。

貧者語於富者曰：「吾欲之南海，何如？」富者曰：「子何恃而往？」越明年，貧者自南海還，以告富者，富者有慚色。

西蜀之去南海，不知幾千里也，僧富者不能至，貧者至焉。人之立志，顧不如蜀鄙之僧哉？

【清・彭端淑】

文字妙迷宮

這個遊戲是考考小朋友的語詞庫，可從上、下、左、右、斜的方向，接出一個語詞，不一定要是四字好詞，但最好是三個字以上，完成一個詞拉出一個箭頭，如果你有很多語詞，可以不斷延伸。深色字是題目，淺色字是參考答案。

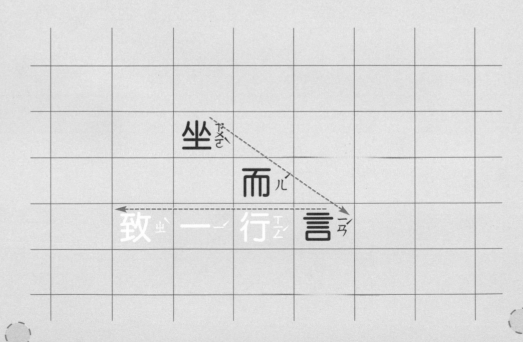

坐（ㄗㄨㄛˋ）
而（ㄦˊ）
致（ㄓˋ） 一（一ˋ） 行（ㄒㄧㄥˊ） 言（ㄧㄢˊ）

古文寓言說得妙

語文小廚房

下面的問題，小朋友可自由發揮，也可從內文裡找答案寫出短句，只要通順有理就算對。淺字部分是參考答案，可當它是空白，小朋友可直接在上面寫下自己想到的短句。

■ 請試著用「坐而言不如起而行」（坐著說要如何如何，說得口沫橫飛不如開始去做）、「先做了再說」、「走一步算一步」造句並說故事大意。

_____

_____

_____

■ 用前述相同的詞以生活經驗來造句。

_____

_____

_____

254

換我說故事

讀了這篇小故事，小朋友是不是也有自己的故事要說呢？

_____

_____

_____

_____

_____

_____

_____

_____

_____

_____

_____

推動古文經典的團體有哪些呢？

近十年來，讀經、唱詩、欣賞古文的復古之風吹遍全球各地華人社會，各級學校也有家長志願帶領讀經班，以下提一些推廣單位的聯絡電話和網站給大家參考。

■ **華山書院讀經推廣中心**
電話：(02)2949-6834、29496394
傳真：(02)2944-9589

■ **台北縣讀經學會**
電話：(02)26812657

■ **福智文教基金會**
電話：台北(02)25452546　台中(04)23261600
網址：www.bwmc.org.tw

除了以上的單位，以下個單位也會有不定期的兒童讀經班開課，但由於很多屬於班級經營，課程經常會隨著孩子的畢業而中斷，招生資訊也多半是以社區小朋友為對象，通常並不對外公開，有興趣的家長或朋友要努力打聽一下才會知道喔！

■ 各地孔廟。

■ 各小學愛心家長帶領的晨間讀經班。

■ 坊間一些安親班，也有的會附設兒童讀經班。

■ 一些佛教的精舍，也會開辦讀經班，不只讀佛經，也讀四書五經。

嬉遊記 成長筆記

106-□□
台北市新生南路三段88號5樓之6

揚智文化事業股份有限公司　　收

□□□-□□
地址：　　　市縣　　鄉鎮市區　　路街　段　巷　弄　號　樓
姓名：

葉子
Leaves
Publishing

書號 L8301　　 書名 古文寓言說得妙

葉子出版股份有限公司

讀·者·回·函

感謝您購買本公司出版的書籍。

為了更接近讀者的想法，出版您想閱讀的書籍，在此需要勞駕您詳細為我們填寫回函，您的一份心力，將使我們更加努力！！

1.姓名：_____

2.性別：□男 □女

3.生日／年齡：西元_____年_____月_____日_____歲

4.教育程度：□高中職以下 □專科及大學 □碩士 □博士以上

5.職業別：□學生□服務業□軍警□公教□資訊□傳播□金融□貿易
　　　　　□製造生產□家管□其他_____

6.購書方式／地點名稱：□書店_____□量販店_____□網路_____□郵購_____
　　　　　　　　　　　□書展_____□其他____

7.如何得知此出版訊息：□媒體_____□書訊_____□書店_____□其他_____

8.購買原因：□喜歡作者□對書籍內容感興趣□生活或工作需要□其他

9.書籍編排：□專業水準□賞心悅目□設計普通□有待加強

10.書籍封面：□非常出色□平凡普通□毫不起眼

11. E-mail：_____

12喜歡哪一類型的書籍：_____

13.月收入：□兩萬到三萬□三到四萬□四到五萬□五萬以上□十萬以上

14.您認為本書定價：□過高□適當□便宜

15.希望本公司出版哪方面的書籍：_____

16.本公司企劃的書籍分類裡，有哪些書系是您感到興趣的？

□忘憂草（身心靈）□愛麗絲（流行時尚）□紫薇（愛情）□三色堇（財經）

□銀杏（健康）□風信子（旅遊文學）□向日葵（青少年）

17.您的寶貴意見：

_____

☆填寫完畢後，可直接寄回（免貼郵票）。

　我們將不定期寄發新書資訊，並優先通知您

　其他優惠活動，再次感謝您！！

Leaves
Publishing

根
以讀者為其根本

莖
用生活來做支撐

葉
引發思考或功用

果
獲取效益或趣味